나와 6·25사변,
그리고 반년간의
군번 없는 종군

# 나와 6·25사변,
## 그리고 반년간의
# 군번 없는 종군

김학주 지음

明文堂

　6·25사변은 그 이전에 태어난 한국 사람들 모두가 겪은 대사건이지만, 나의 경우는 또 나만의 독특한 경험이었다. 그리고 1·4후퇴 때 우연히 피란 갔다 돌아오는 길에 16세의 학생 신분으로 국군 부대를 따라가 5개월 동안 군번도 없이 종군한 것도 특별한 경험이었다. 1950년 6월로부터 1951년 6월에 이르는 만 1년 동안에 있었던 일이지만 대 폭풍 같은 격동 속에 겪은 나의 경험은 이후 나의 일생의 향방을 결정지어 주었기 때문에 나 개인의 일생에 있어서는 매우 중대한 일이었다. 다행히 종군을 할 적에 군의 지시를 무시하고 종군하면서 무척 어려운 여건 속에서도 지나다닌 고장과 한 일을 작은 수첩에 간략히 기록해 놓았기 때문에 뒤에 그때의 일을 기억을 되살리며 다시 기록으로 남길 수가 있었다. 때문에 나는 오래 전에 이미 그때의 이 경험을 글로 써서 정리해 두었다.

4

다만 이 기록을 일찍이 세상에 펴내지 못한 것은, 나의 이 종군 기록 속에는 그 기록된 사실이 어떤 개인이나 집단에 대하여 결정적인 영향을 줄 수 있는 내용도 들어있기 때문이었다. 나의 이 6·25와 종군의 경험은 나라를 위해서나 젊은 후배를 위하여 꼭 남겼으면 좋겠다고 생각하면서도 큰 피해를 입게 될 개인이나 집단이 있다고 생각되어 감히 발표를 하지 못하고 있었다.

　　그러나 얼마 전에 이중근 선생이 편저한 『6·25전쟁 1129일』(2013년 7월 발행)이란 거질의 책을 보게 되면서 마음이 달라졌다. 그 책은 6·25전쟁이 진행된 1950년 6월 25일부터 1953년 7월 27일에 이르는 동안의 일을 하루하루 〈전황〉〈국내〉〈유엔〉〈아시아〉〈아메리카〉〈서유럽〉〈동유럽〉 등의 항목으로 나누어 전쟁과 유관 실황을 자세히 기록한 방대한 저서이다. 이 책은 「일러두기」에 의하면 국방부 전사편찬회의 『한국전란지』를 비롯하여 여러 가지 13종의 귀중한 관련 자료를 참고하여 편저한 역저이다. 이 책을 편저한 분들의 노고와 업적에 경의를 표한다. 나는 이 책을 보면서 나의 작은 수기는 이러한 본격적인 6·25의 역사기록과는 또 다른 진실을 전할 수 있는 기록이라고 생각되었던 것이다. 이에 어떤 개인이나 집단에 피해가 될 만한 기록은 빼어버리고 다시 정리하여 이 기록을 책으로 출간하기로 마음먹은 것이다.

이 작은 나의 수기가 크게는 한 시대의 진실을 알리는 역사 기록으로 인정받고 젊은 사람들이 6·25의 실상을 올바로 아는데 도움을 주는 한편 많은 친구들이 중대한 인간의 문제를 파악하는 데에도 기여하는 책으로 남게 되기만을 간절히 바란다. 끝으로 출판계의 어려운 실정에도 불구하고 흔쾌히 이 작은 책자를 출판해주는 명문당 김동구 사장에게 감사를 드린다.

2017년 7월 25일
김학주

제1화
나와 6·25 사변

# 1950년
## 6·25 사변이 일어나다

6·25사변이 났던 초기에 세상은 동족상잔同族相殘의 내전으로 극도의 혼란과 고난을 겪고 있었지만 나만은 며칠 동안 가족과 함께 피란을 다닌 뒤 경치가 지극히 아름다운 정말로 선경仙境 같은 충청북도 충주군忠州郡 이류면利柳面 문주리文周里의 수주팔봉水周八峰이라는 곳에 나 홀로 눌러앉아 천하의 절경을 이루고 있는 아름다운 산과 강물을 즐기고 있었다. 그 시골 마을에는 나의 막내 고모님과 사돈 관계가 되는 분이 살고 계셨는데, 우

리 가족은 피란을 멈추고 집으로 돌아가다가 충주 접경으로 들어와서는 수주팔봉에 살고 계신 분들에게 나를 당분간 돌보아 달라고 부탁하고 나만을 두고 집으로 돌아갔던 것이다. 나의 부모님은 만 16세였던 나만은 특히 인민군 치하로 들어가면 위험한 일이 닥칠 수도 있다고 여기고 그렇게 하셨던 것이다. 지금은 충주군 주덕면周德面으로부터 매산리梅山里와 수주팔봉을 거쳐 수안보水安堡 온천으로 이어지는 새 자동차 길이 뚫리고 또 경기도 여주로부터 충주·괴산·문경을 거쳐 경상남도 창원에 이르는 중부내륙고속도로도 그 근처를 지나가고 있어서, 그곳도 교통이 매우 편리해졌다. 그러나 그 당시의 수주팔봉은 교통이 지극히 불편한 오지여서 국군이고 인민군이고 여간해서는 그런 곳에 들어오지 않을 것으로 여겨지는 고장이었다. 실제로 국군도 인민군도 그 마을에는 들어온 일이 없었을 것이다. 강물은 충주의 남쪽 지역을 감싸며 굽이굽이 흘러가서 유명한 탄금대彈琴臺 바로 아래에서 남한강南漢江과 합류하는 달천達川의 상류이다. 수주팔봉으로부터 좁은 산골짜기를 헤집고 꾸불꾸불 수십 리里 거리를 흘러내려가 달천을 이루는데,

수주팔봉

수주水周 마을로부터 팔봉八峰 마을에 이르기까지 그 강
가에는 칼날처럼 예리하게 솟은 바위로 이루어진 산줄
기가 제각각 다른 모양의 아름다운 여덟 봉우리로 이루
어져 있어 '수주팔봉' 이란 이름이 붙은 것이다. 그 봉우
리에는 또 갓모바위·송곳바위·중바위·칼바위 등으
로 불리는 여러 가지 아름답고 신기한 모양의 많은 바위
가 자기 나름의 멋진 자태를 자랑하고 있다. 충주로부터

수주팔봉으로 들어오는 통로는 그 달천의 흐름을 따라 난 길이 있고, 이류면 매산리를 거쳐 오는 두 방향의 길이 있는데 모두 걸어서 다니기조차도 험난한 길이다. 달천의 흐름을 따라 난 길은 꾸불꾸불 깊은 골짜기를 따라 어렵게 이어지고 있어서 어렵게 강물을 건너야만 할 곳도 있었지만 비가 내리어 물이 약간 불기만 하여도 길의 일부가 여기저기 물에 잠기어 통행이 불편하게 되는 곳이 많았다. 매산리를 통해 오는 길은 충주로부터 달천을 건너 매산리까지 가는 길이 이미 쉬운 길이 아니었고, 매산리로부터 수주팔봉으로 오는 길은 더욱 험난한 길이었다. 나라가 내란에 휩싸여 있을 때 나는 이처럼 아름다운 고장에서 신선이라도 된 것처럼 아름다운 산수를 즐기면서 나 홀로 나날을 보내고 있었다.

그때 우리 집은 충청북도忠清北道 충주읍忠州邑 목행리牧杏里에 있었다. 우리 마을은 강원도 원주原州와 충청북도 제천堤川 쪽에서 충주 읍邑으로 들어오는 국도의 길목인 남한강南漢江 가의 나루터가 있는 동리였다. 지금은 그 강물 위에 다리가 놓이고 길이 모두 아스팔트로 덮이어 그 시절과는 사정이 전혀 다르지만 그때에는 자동차

13

고 마차나 사람도 모두 마을 위편의 나루터에서 나룻배
를 타고 강물을 건너야만 하였고, 국도는 전혀 포장이 되
어있지 않은 돌 자갈 길이었다. 그리고 충주가 행정상 지
금은 시市이지만 그 시절에는 읍邑이었다. 우리 마을로
부터 충주 읍내邑內까지 가는 거리는 10리, 곧 4키로 남
짓한 정도였다. 6·25사변이 일어나자 많은 피란민이 원
주와 제천 쪽으로부터 내려와 우리 동리를 거쳐 더 남쪽
으로 피란을 갔다. 피란민들의 남하와 함께 북한군이 서
울을 점령하고 계속 남쪽으로 쳐내려오고 있다는 소문
도 들려왔다. 우리는 전쟁이 일어났다고는 하지만 무슨
영문인지도 잘 모르고 또 이 전쟁이 어떻게 진행되고 있
는지도 제대로 알지 못하였다. 어지럽게 세상 돌아가는
형편과 남들 눈치만을 보면서 하루하루를 불안 속에 보
내고 있었다. 그러나 여러 날이 지나면서 이북의 군대가
우리 사는 고장 가까이 접근해 오고 있다는 소문과 함께
내려오는 피란민 수가 늘어나자 우리 가족도 어쩔 수 없
이 대세에 몰리어 동리 사람들과 함께 피란을 떠나게 되
었다.

　우리 아버지는 옛날부터 집안의 일에는 소홀하였지만

탄금대를 중심으로 본 남한강

여러 가지 동리 일이나 남의 일을 자진하여 잘 처리해 주었기 때문에 평소에도 동리 사람들은 여러 가지 자기네 일을 아버지께 찾아와 의논하고 도움을 청하는 일이 많았다. 때문에 세상 일이 급박해지자 이웃의 여러 사람들이 우리 집으로 찾아와 아버지께 피란 가는 일에 대하여

달천(達川)

의논하였다. 그러나 아버지도 피란을 어떻게 어디로 가야 할지 잘 알지 못하고 전쟁이 어떻게 전개되어가고 있는 지도 모르셨기 때문에 마을 사람들에게 만족스런 답변을 주지 못하였다. 그러나 막상 우리가 피란을 떠난다고 하자 이웃에 살던 5, 6명의 최씨 집 가족과 6, 7명의 김씨 집 가족이 자기들은 갈 곳을 전혀 모르겠다고 하면서 우리 아버지에게 부탁하여 우리 가족을 따라 함께 피란길을 나서게 되었다. 때문에 우리 집 피란길에는 다른 두 집의 가족과 6명의 우리 가족이 합쳐져 20명에 가까운 많은 사람들이 함께 움직이게 되었다. 우리의 피란길은 확정된 목적지가 있는 것도 아닌데다가 아이들과 부인들이 많고 또 짐이 많아 하루 종일 걸어도 몇십 리 가지 못하는 속도였다. 이런 식으로 피란을 간다면 며칠 못 가서 쳐내려오는 북한 군대가 우리를 앞질러 남쪽으로 내려가게 될 것이 뻔하였다.

우리는 집을 떠나 달천達川과 살미면乷味面을 지나 충청북도의 괴산槐山을 거쳐 속리산俗離山 동쪽 기슭 깊은 산길을 따라 경상북도의 상주尙州 방향으로 피란을 가고 있었다. 10여 일을 걸어 도착한 어느 산속 동리에서 이미 충북의 북쪽 지역에는 북한의 인민군이 들어와 점령하였다는 소문을 듣게 되었다. 그리고 들려오는 소문이 인민군은 남쪽으로 내려와 우리 땅을 점령하기는 하지만 무고한 일반 백성들을 심하게 해치지 않는다는 것이었다. 우리는 남쪽으로 더 내려가 보아야 갈만한 곳도 없고 객지에 피란 가서 한동안 머무르며 먹고 살 방책도 없는지라 어른들이 모여 의논한 끝에 다시 고향 집으로 돌아가기로 결정하였다. 충주로 돌아오는 길은 모두가 다 잘 알고 있다고 하여 우리 세 가족은 제각기 움직이기로 하였다.

　우리 가족은 집으로 돌아오는 길에 충주 가까운 곳에 이르러 남쪽으로 진군하고 있는 인민군의 웅장한 전차 부대도 보고 날렵한 세 바퀴 오토바이 전투부대도 보았다. 군대 일은 전혀 알지 못하는 눈으로도 인민군 부대의 모습을 대하면서 우리 남한의 군대를 가지고는 이러한 무장을 하고 있는 북한 인민군은 대적도 못할 상대임을 확인하며 크게 놀랐다. 그러니 이때 충주 읍내는 이미 북한군이 완전히 점령하고 있었음이 분명하다. 우리 가족은 충주군으로 들어와서는 바로 집으로 향하여 가지 않고 이류면利柳面 매산리梅山里란 동리에 있는 우리 이모 댁을 찾아가 묵으면서 충주 시내의 실정을 살피었다. 매산리도 이미 앞에서 얘기한 것처럼 무척 외진 고장이라 인민군이 여간해서는 들어오지 않으리라고 여겨지는 마을이었다. 충주의 집으로 가기 전에 인민군의 동태를 좀 더 관찰하여 확실히 안 뒤에 행동하려는 의도였다. 며칠 뒤 다른 가족은 집으로 돌아가고 나만이 수주팔봉이란 동리에 머물러 있게 되었던 것이다. 수주팔봉은 매산리로부터 다시 10여 리를 더 오지로 들어간 곳에 자리를

수주팔봉

잡고 있었다. 지금은 충주로부터 매산리와 수주팔봉을
거쳐 수안보 온천에 이르는 국도가 나 있고, 또 그 근처
를 지나는 중부내륙고속도로도 개통되어 교통이 매우
편리해졌다. 그러나 1950년대의 수주팔봉은 무척 외진
곳이어서 전란 중에도 국군이고 인민군이고 모두 들어
올 이가 없는 비교적 안전하다고 여겨지는 곳이었다. 나
의 부모님은 나이가 한창 때인 나만은 인민군이 지배하
고 있는 세상으로 가면 위험한 일이 생길지도 모를 일이

라 생각하고 비교적 안전하다고 생각되는 그곳에 나를 남겨놓고 다른 가족만을 데리고 충주의 우리 집으로 돌아갔던 것이다.

내가 가족으로부터 떨어져 홀로 머물고 있던 수주팔봉의 몇 집 안 되는 외진 마을은 이미 앞에서 대강 말한 것처럼 풍광이 그림보다도 더 아름다운 고장이었다. 마을 앞쪽에는 위가 칼날 같이 얇으면서 높고 낮은 능선이 크게 둘러쳐진 가운데 여덟 봉우리(八峰)의 바위산이 제각기 다른 아름다운 자태를 자랑하며 적당한 간격으로 솟아있고, 그 밑에는 산기슭을 따라 샘물보다도 더 깨끗하고 맑은 강물이 굽이치며 흐르고 있다. 도교道敎에서는 신선이 사는 고장을 동천洞天 또는 동천복지洞天福地라고 하는데, 바로 이런 곳이었을 것이라고 생각되는 곳이다.

고모님의 사돈댁에서는 나를 손님으로 알고 각별히 대우를 잘해주시었다. 그러나 나는 함께 어울리어 놀 친구도 없고 옆에는 읽을 만한 책도 한 권 없으며 달리 할 일도 없는지라 매일 밥만 먹으면 홀로 집을 나와 그곳의 아름다운 산과 강물을 구석구석 찾아다녔다. 그 동리 외진

20

곳에는 작은 서원書院 같은 것이 하나 있었으나 사람들이 만든 것에는 완전히 관심이 사라져 버리어 어떤 분을 모신 곳인지 그 서원에는 들어가 본 일도 없다. 오직 나는 매일 칼날 같은 바위로 이루어진 산등성이를 소나무와 잡목을 헤집고 다니면서 산의 아름다움을 실컷 즐기다가 밑으로 내려와서는 옷을 훌훌 벗어던지고 옥보다도 더 맑은 물에 뛰어들어 물고기처럼 혼자 헤엄치며 놀았다. 나는 늘 그 물에 뛰어들기만 하면 먼저 그 물을 입에 들어오는 대로 벌컥벌컥 마음껏 마셨다. 물을 마시면 온 몸과 마음이 신선이라도 된 듯이 시원하고 상쾌하였다. 나는 온 나라가 굉장한 사변事變이라는 대혼란 속에 있고 온 민족 중의 수많은 사람들이 죽임을 당하는 고통 속에 있다는 것도 전혀 모르고, 세상 모든 일을 깨끗이 잊은 채 매일 홀로 한 마리 원숭이처럼 아름다운 자연 속에 산수를 즐기며 지내고 있었다.

한 달 가까이 홀로 그곳에서 놀고 있다가 다시 매산梅山의 이모 댁에 인사도 드릴 겸 놀러 가서 충격적인 소식을 들었다. 가족과 함께 집으로 돌아가신 나의 아버지가 인민군에게 잡혀 가서 내무서內務署에 감금되어 계시다는 것이다. 정말 뜻밖이었다. 아버지는 동리의 이장里長과 청년단장靑年團長 같은 일을 맡아 동리 사람들을 위하여 일한 적은 있으나 정식 벼슬은 전혀 해본 일도 없고 농사를 짓는다 해도 논밭이라야 우리 가족이 먹고 살기에 빠듯한 수확을 올리는 정도의 땅을 갖고 있는 중농中農이었다. 그리고 아버지는 평소에 어머니를 비롯하여 집안이나 가족을 돌보는 일에는 매우 소홀하였지만, 언제나 동리의 일이나 어려운 처지의 사람들을 위하는 일이라면 팔을 걷어붙이고 나서시는 성격이라 누구보다도 마을과 근처 사람들의 인심을 많이 얻고 계셨다. 공산주의자라 하더라도 미워할 이유가 전혀 없다고 여겨지는 아버지시다. 가난한 농촌 사람들을 아버지 정도로 적극적으로 돌보아준 사람은 많지 않을 것이다. 인민군이 그런 아버지를 왜 잡아갔는지 전혀 짐작도 못할 일이었다. 어찌 되었던 그런 아버지의 소식을 듣고는 홀로 편히 태평스런 세상에 숨어 놀면서 지낼 수가 없어서 바로 집으로 돌아갔다. 어머니와 동생들뿐인 집안은 초상집 분위기였다. 집에 돌아갔으되 인민군이 아버지를 왜 잡아 갔는지, 아버지가 어떻게 지내고 계시는지 아는 수도 없었고 읍내의 내무서에서는 찾아가 면회하는 것조차도 허락을 하지 않는다는 것이었다. 어머니는 유일한 아버지의 잘못은 지난 날 작은 부인을 몇 번 거느린 일밖에는 없으니, 공산주의 사회에서는 첩妾을 많이 거느린 것도 큰 죄가 되는 것 같다고 하셨다. 그저 답답하고 멍멍하기만 하였다.

그렇게 며칠 지내다가 어느 날 나는 이웃에 사는 중학교 동창인 최면구 군과 함께 더위도 식힐 겸 수영이라도 하며 즐기려고 강가로 놀러 나갔다. 강가에 나가 보니 열너덧 살 먹은 내 바로 밑의 동생뻘 되는 아이들 대여섯 명이 물놀이를 하다가 물가 돌밭에 모여앉아 무엇인가 쇠붙이를 두드리며 놀고 있었다. 나와 최 군이 다가가자 그들은 이 물건을 물속에서 주웠는데 참 잘 생겼다고 하면서 두드려대었다. 내가 보기에 그것은 분명히 포탄이었다. 한 친구는 그것을 갖고 돌아가 소를 들판으로 몰고 나가 매어두기 위하여 땅에 말뚝을 박을 때 쓰는 망치로 썼으면 좋겠다고도 하였다. 그 포탄은 뒤에 내가 종군하여 직접 군인들이 갖고 있는 무기들을 보고 알게 된 일이지만, 군인들이 들고 다니면서 쏘는 무반동포의 포탄이었다고 기억하고 있다. 나는 급히 그들의 포탄 두드리는 행동을 만류하면서 이것은 아마도 강물에 떨어지는 바람에 폭발하지 않은 불발 포탄인데, 잘못 건드리면 폭발하는 위험한 물건이라고 알려주고 그것을 빼앗아서 깊은 강물 속에 던져버렸다. 그리고 나는 최 군과 강물 속에 들어가 수영을 하였다. 그러다가 물가를 보니 이 친구들이 다시 물속으로 들어가 그 포탄을 건져 갖고 나와서 모여 앉아 그것을 자기들 앞에 놓고 다시 두드려 보기도

1952년 포탄 사고를 냈던 고향의 강가에서

하면서 놀고 있는 것이 아닌가! 나는 위험하다고 여기고 즉시 뛰쳐나와 그들이 갖고 노는 포탄을 빼앗았다. 그리고는 이 포탄을 내가 땅에 던지면 폭발할 것이니 너희들은 저쪽으로 비켜가서 구경이나 하라고 하고는 그들로부터 얼마간 벗어난 지점으로 그 포탄을 들고 가서 손발에 온 힘을 다하여 멀리 던졌다. 있는 힘을 다해 멀리 던지려고 하였지만 그 포탄은 충분히 멀리 던져지지 못하였다. 눈앞에 불길이 번쩍하는 것만을 느끼고 그 순간 나는 정신을 잃었다. 그 포탄이 조금 떨어진 돌밭에 떨어지면서 폭발한 것이다.

잠시 뒤 정신이 돌아와 내 몸을 둘러보니 온몸이 피투성이가 되어 있었다. 왼편 발등에서는 동맥이 끊어졌던 모양인지 큰 상처 중간에 가는 핏줄이 분수처럼 위로 솟고 있었다. 내 옆에는 최 군이 역시 온몸에 피를 흘리면서 앉아 있었다. 한참 뒤 누가 어떻게 연락했었는지 알 수 없지만 나는 최 군과 함께 인민군의 자동차에 실려 읍내 군용 병원으로 옮겨졌다. 실려 가는 자동차 안에서 정신이 좀 더 되돌아와 찬찬히 내 몸을 둘러보니 다행히도 큰 상처는 왼쪽 발등과 오른편 옆구리 두 곳에만 나 있고 나머지는 모두 매우 작은 상처였다. 어떻든 온몸에 상처가 나서 온몸이 피투성이가 되어 있었다. 그리고 나는 걸을 수도 없었고 내 몸을 자유롭게 움직일 수도 없었다. 최 군은 내가 포탄을 던질 적에 다른 아이들보다는 나와 가까운 자리에 서 있어서 역시 부상을 온몸에 당하여 피투성이였으나 그는 모두 작은 상처라 몸을 움직이는 데에는 별 지장이 없었다. 병원에 도착하자 의사가 우리 두 사람 몸을 진찰해보고는 모두 생명에는 전혀 지장이 없다고 알려주었다. 그러나 나는 나 홀로 일어서서 걸을 수가 없었다. 우리가 입원한 병원은 아버지가 구금당하여 있는 내무서와 가까운 곳이었으나 우리 가족은 계속 아버지로부터 아무런 소식조차도 들을 수가 없었다. 나의 어머니는 동생들 때문에 병원에 와 계속 머물면서 나를 돌보아주실 수가 없었으나, 오히려 부상이 가벼운 최 군 어머니는 계속 병실에 와 계시다가 다음 날 아들을 데리고 퇴원하였다. 병실에는 나 이외에도 두 명의 환자가 더 있었으나, 나만은 계속 돌보아주는 가족이 없었으니 병실에 홀로 입원하고 있는 것과 다름이 없었다. 충주에는 세 분의 고모님이 계시어 고모님들이 가끔 번갈아가며

26

찾아주셨으나 홀로 있는 시간이 더 많았던 것 같다. 그 병실은 2층에 있었는데 여러 번 미국 공군기의 공습이 있어 경보 사이렌이 울리면 내 병실에 함께 있던 두 명의 환자와 그들의 가족 및 보호자들은 물론 병원의 모든 사람들이 건물 지하의 방공호로 피신을 하였다. 그러나 나만은 홀로 걷지 못하고 돌보아 주는 이도 없는 탓에 피신을 못하고 방에 남아있어야 했다. 멀리 비행기 소리를 들으면서 나 홀로 병상에 누워 나만이 공습을 당하고 있는 기분이어서 무척 불안하였으나 어찌하는 수가 없었다. 그래도 십여 일 만에 많이 회복되어 절룩거리면서 지팡이를 짚고 퇴원할 수가 있었다. 다만 오른 편 엉덩이 근처에 박혀있는 파편은 수술을 하여 제거하지 못하고 그대로 두고 치료하다가 퇴원하였다. 그 파편은 모든 상처가 아문 뒤에도 10년이 넘도록 내 손으로 만져볼 수가 있었으나 결국은 차차 줄어들더니 지금 와서는 내 손으로는 감지할 수 없도록 없어져 버린 것 같다. 사람의 몸 속에 들어간 쇠붙이는 세월이 지나감에 따라 자연히 삭고 녹아서 없어져 버리도록 되어있는 것 같다.

아버지는 내가 퇴원한 며칠 뒤 석방되어 나오셨다. 그

러나 심한 전기고문을 당하시어 온몸이 불편한 탓에 거동조차도 몹시 힘드셨다. 전신불수의 환자셨다. 아버지는 내무서에서 전혀 짐작도 할 수 없는 일을 고백하라고 강요하면서 가하는 전기고문을 여러 날을 두고 계속 받았다고 하셨다. 우리 집은 세상이 어지러운 중에도 집안의 기둥이 되어야 할 두 부자가 환자가 되어 집에서 출입도 자유롭게 하지 못하면서 요양을 하여야만 하였다. 말 그대로 암흑의 나날이었다. 아버지와 함께 나도 몸의 움직임이 자유롭지 못하니, 우리 집안만은 우리나라에 이북 군대가 와서 우리를 지배하고 있는 전혀 다른 세상으로 변해 있다는 사실에 마음을 쓸 여유도 없었다.

그러나 그 덕분에 우리 부자는 완전히 다른 세력의 지배 아래 있는 세상으로부터의 어떤 간섭도 별로 받지 않았고 자기 몸조리만 하고 있으면 되었다. 그때 내 주위의 젊은이들은 모두 끌려 나가 교육을 받거나 일을 하기도 하고 결국은 여러 명이 의용군에 잡혀갔으나, 나만은 몸의 부상으로 아무런 간섭도 받지 않고 또 의용군에 끌려가지 않을 수가 있었다. 오히려 강가에서 포탄을 주워 갖고 놀던 동리의 친구들이 가끔 찾아와 내게 생명의 은인인 형님이라고 하면서 나의 부상을 위로해 주었다. 아버지도 내무서에 끌려가기 전에 동리 사람들 너덧 명과 함께 어떤 잘못 때문인지도 모르는 채 인민군에게 체포되었다고 한다. 아마도 동리의 누군가가 특수한 일을 인민군에게 거짓 고발한 것 같다고 한다. 인민군은 아버지와 함께 동리 사람들을 강가의 모래 구덩이 앞으로 끌고 가 세워놓고 모두를 총살하려고 총을 꺼내 들었다고 한다. 그때 아버지는 모든 일을 자신이 홀로 적극적으로 책임지는 자세를 보이며, 이 사람들은 평생을 농사만 지어온 순진한 농민들인데 인민을 위한다는 인민군이 이런 농민을 무엇 때문에 해치려 하느냐고 강하게 항변하면서 이분들에 대하여는 이후로도 모든 일을 내 자신이 책임지겠으니 이분들은 용서해 달라고 애원을 하였다 한다. 결국 인민군은 다른 사람들은 모두 풀어 돌려보내주고 아버지만을 내무서로 잡아가 구금하였다고 한다. 때문에 그때 풀려났던 사람들은 모두 자주 찾아와 우리 집 일을 돌보아 주었고, 1983년 아버지가 돌아가실 때까지 그분들은 아버지를 생명의 은인이라며 자주 내왕하면서 아버지를 받들어 모셨다. 아버지 장례 때에는 그분들이

장남인 나 못지않게 빈소를 잘 지켜 주었고 장례도 철저히 잘 돌보아 주셨다.

어떻든 아버지는 온몸이 불편하여 밖으로 출입도 못하셨고, 발을 절름거리는 내가 늘 옆에서 시중을 들어 드렸다. 그리고 아버지는 그 뒤로 여러 병원에 의사를 찾아다니며 불편을 치료할 방도를 모색하였으나 전기고문으로 인한 신체 이상은 치료하는 방법이 없다는 것이 모든 의사들의 진단 결과였다. 아버지는 불편함을 참고 오직 집안에서 조용히 몸을 보양하는 수밖에 없었다. 주변 분들도 모두 아버지는 보신을 잘 하여 원기를 회복하는 방법밖에는 없다고 하면서 보신을 권고하고 보신하는 방법을 알려주며 도와주었다. 이 소문이 널리 알려지자 사방 동리의 사람들이 아버지의 보신 재료로 특효가 있다는 지네와 독사 및 구렁이 따위를 눈에 뜨이는 대로 잡아서 우리 집으로 보내주었다. 모두 이전에는 가까이 대해보지도 못한 무척 징그러운 곤충이며 동물이었다. 보신에 특효가 있다는 이런 물건들이 계속 우리 집으로 보내어져 왔으나 여자나 아이들은 가까이 가보려고 하지도 않는다. 그것들을 손 댈 사람은 우리 집에 나 밖에는 없었다. 그런 것들을 어른들의 지시를 따라 나는 열심이 다루어 보신용 약식으로 요리하여 아버지께 드시도록 갖다 드렸다. 잡아서 말린 지네 같은 곤충은 다루는 데 아무런 문제도 없었다. 말린 지네는 불에 구우면 고소한 냄새까지 느껴지기도 하였다. 그러나 살아있는 독사나 큰 구렁이 같은 것은 보약으로 요리하기가 쉽지 않았다. 한 번은 시골 마을에 사는 분이 겨울에 한 발 정도는 될 길고 굵은 구렁이를 잡아서 산 채로 우리 집으로 보내왔다. 나는 어른들이 시키는 대로 마당에 커다란 가마솥을 걸어놓고 그것을 고아서 아버지가 드시도록 하느라고 혼이 났던 기억이 지금도 생생하다. 구렁이를 큰 그릇에 담아놓고 샘물을 떠다가 퍼부으며 손으로 문질러 씻어서 살아있는 놈을 그대로 물을 적당히 부은 가마솥에 넣은 다음 뚜껑을 닫고서 장작에 불을 붙여 불을 때었다. 솥이 뜨거워지면서 구렁이가 움직이기 시작하여 가마솥이 약간 움직이자 두려움까지 느껴졌던 기억이 새롭다. 그러나 계속 불을 때어 고기가 익어가자 국물 냄새는 닭을 고는 것보다도 더 구수하게 온 집안에 퍼졌다. 오랜 시간 고은 다음 그 탕을 식힌 뒤 위에 굳어서 떠 있는 기름기는 모두 거두어 내었지만 구렁이 탕의 양이 엄청나게 많았다. 여러 날을 두고도 아버지 홀로 다 드시는 수가 없어서 결국은 그 탕의 반도 훨씬 더 되는 양이 그대로 남게 되어 그 나머지를 땅에 쏟아 버리고 말았다. 무척 아깝게 느껴졌지만 달리 어찌하는 수가 없었다. 힘들여 끓인 구렁이 곰국을 버리는 것도 매우 아까웠지만 한편 그 구렁이를 잡아 보신을 잘 하라고 산 채로 먼 거리를 애써서 보내준 분의 성의에 대하여 무척 죄송스럽게 여겨졌다. 그러한 정성을 다한 보신 덕분에 아버지의 병환은 상당히 빨리 호전되어 점점 스스로 거동을 하실 수 있게 좋아져 갔다.

우리 집에서는 이 때문에 인민군이 물러가고 국군이 다시 들어와도 제대로 그 변화를 실감하지 못하고 암담한 나날을 지냈다. 들려오는 소식을 통하여 우리 국군이 압록강까지 밀고 올라갔다는 등의 소식을 듣기만 하였다. 그렇게 지내는 중에 다시 해가 바뀌면서 1951년 1·4후퇴의 변란을 맞이하게 된다. 1·4후퇴가 시작된 지 며칠 뒤 동리 모든 사람들이 피란을 떠나자 우리 가족도 텅 빈 마을에 그대로 머물러 있을 수가 없어서 아버지를 부축해가지고 또 다시 괴산 쪽으로 피란을 떠났다. 아버지를 모시고 가는 우리의 피란 발길은 무척 더딜 수밖에 없었다. 나는 약간 절름거리기는 하였지만 걷는데 별 지장은 없을 정도로 빠른 속도로 회복되어 있었다. 그러나 어떤 날은 종일 10리 정도밖에는 길을 가는 수가 없었다. 때문에 겨우 괴산 근처에 갔을 때 다시 국군이 북진을 시작했다는 소식을 듣고 피란 가던 발길을 바로 집으로 되돌렸다.

이처럼 어려운 피란길에 되돌아오다가 나는 충주 읍내의 우리 동리 근처에 이르러 국군 군인들 서너 명을 만나 전혀 생각지도 않던 종군을 하게 된다. 군인들이 총을 메고 길가에 서서 지나가던 사람들 중에서 나와 비슷한 학생처럼 보이는 사람들이나 건장한 사람들을 몇 명 불러 세워놓고 자기들과 함께 가서 총을 들고 활동할 것을 권하였다. 여러분들은 아직 병역 연령에 미달하거나 병역 의무가 없는 사람들일 것이니 각자가 알아서 거취를 결정해달라고 하였다. 군인들은 열심히 자기들과 함께 총을 들고 싸워줄 것을 우리에게 권하였다. 내가 군인들의 제의를 받아들이겠다고 하자 부모님은 네가 알아서 하고 싶은 대로 하라고 하셨다. 나는 왼편 발을 약간 절고

있었으나 군인들이 내 몸을 간단히 검사해보고는 이 정
도면 활동에 아무런 지장도 없겠다는 단정을 내리고 나
를 종군자들 속에 받아들여 주었다. 그러나 뒤에 실제로
군대에 합류하여 군사 활동을 할 적에는 군인들과 동료
들이 나의 불편을 적지 않게 배려해주어 무척 고마웠다.
부모님이 쉽사리 내가 군인들을 따라가겠다는 것을 허
락한 것을 보면 그 당시 부모님의 심리상태는 어느 정도
자포자기를 하고 계셨던 것도 같다.

# 제2화
# 반년간의 종군

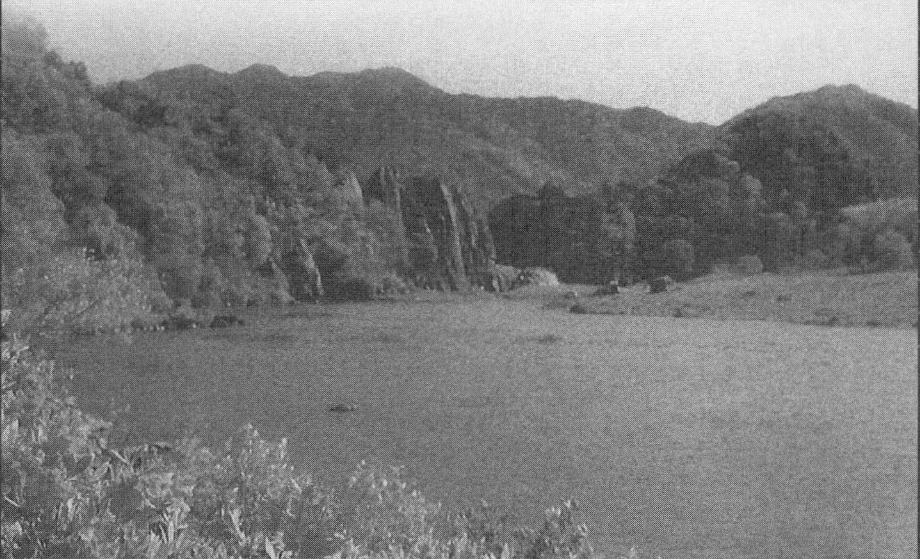

# 1951년 1월 26일
## 국군을 따라 종군하다

나의 길지 않은 기간의 종군이 시작되는 날이다. 앞에서 이미 얘기한 것처럼 집으로 돌아오는 길에 충주 읍내 우리 동리 옆 금릉리金陵里 근처에 이르러 3, 4명의 총을 메고 있는 우리 국군 군인들을 만났다. 그들은 나를 포함하여 피란길에 있는 학생처럼 보이는 사람과 비교적 젊고 건강한 사람들을 몇 명 길 옆에 불러 모아놓고 설득을 시작하는 것이었다. 나라는 작은데 전쟁이 일어났다고 하여 당신들 같은 힘이 넘치는 사람들이 전쟁을 피하여 도망 다니고 있지만 결국은 어디로 도망칠 것이냐는 것이다. 지금 우리 국군은 정규군의 병력이 부족하여 당신들 같은 사람의 도움이 필요하니 자기들을 따라 국군 부대에 합류하여 총을 들고 싸워보는 것이 어떻겠느냐는 것이다. 그것이 젊은이들에게는 당당하고 나라를 돕는 일도 된다는 것이다. 당신들은 아직 병역

1951년 종군 때의 모습. 무장이며 군복 모두 현역병에게 빌렸던 것임.

연령에 미달하거나 병역의무가 없는 사람들일 것이니 강요할 수는 없는 일이다. 각자가 잘 생각하여 스스로 결정하여 달라는 것이었다. 그때 동행하던 사람 중에 나와 한마을에 사는 김영근金榮根(작고)이란 나보다 한 살 아래 친구가 있어서 두 가족이 논의한 결과 군에 종군하는

것이 좋겠다고 의견이 모아졌다. 우리 두 사람의 부모들은 이 부대가 당장 일선으로 나가서 싸우지 않고 당분간 후방으로 가서 공비토벌을 비롯하여 사회질서를 유지하는 업무에 종사할 것이라는 군인들의 말을 듣고 우리의 종군을 허락하였던 것도 같다. 그때 우리 두 사람 이외에 충주 사람으로 시내에서 시계방을 경영하였다던 김태영 군과 큰 상용 화물차 운전 경험이 있다고 하는 박 군의 두 명이 더 우리와 함께 국군 부대에 합류하기로 하였다.

  그 군인들은 국군 제2사단 17연대 3대대 정보과 소속 군인들이었다. 그들 부대에 가보니 이미 3대대 정보과에는 10여 명의 젊은 민간인들이 모여 있었다. 그들 대부분이 경기도 가평加平 근처 사람들이었으니, 그 부대는 전방으로부터 가평을 경유하여 이곳으로 이동해 온 것 같다. 이미 거기에는 가평군 설악면雪岳面 출신의 나이는 40세 가까이 되어 보이는 마을 청년단장 경력이 있다는 점잖게 생긴 고령자 신申 선생이 있어서 자연스럽게 정식 군인이 아닌 무리의 대장 행세를 하고 있었다. 뒤에 들은 얘기지만 그 부대는 전방에서 갑작스런 중공군의 포위 습격으로 말미암아 병력의 큰 손실을 당하여 전투

부대로서의 기능을 잃고 후방으로 빠지면서 가평을 거쳐 충주로 옮겨왔다는 것이었다. 첫 날은 그 부대가 내 고향 마을인 목행리牧杏里에 주둔하였는데, 좀 떨어져 있는 우리 집에도 군인들이 묵고 있는 것 같았지만 집에 가 보지는 않았다. 다음 날 27일에 우리 부대는 남한강을 건너가 중원군中原郡 동량면東良面 용대리龍垈里로 이동하여 이틀 동안 그곳에 머물렀다. 제3대대 정보과에서 우리를 통솔하였는데 책임 지휘관은 대대의 정보장교인 문창덕文昌德 중위였다. 그곳에서 우리를 모아놓고 정보과의 현역 군인들이 두어 시간 군사훈련이랍시고 우리에게 총을 다루는 방법과 간단한 군사행동 요령을 가르쳐 주었다. 그리고는 모두들 학교에서 군사훈련을 받은 경험이 있는지라 전투병으로 아무런 문제가 없는 사람들이라고 칭찬하면서 10여 명의 우리를 정보과 소속 '수색대' 라 부르기로 하였다고 알려주었다. 그리고 우리들의 주 임무는 군의 작전을 위한 '수색' 이 될 것이라고 하였다. 그러나 며칠 뒤에는 다시 우리를 '유격대' 라 부르기로 하였다고 알려주었다. 그리고 모두에게 간단한 전투복과 전투모를 갖추도록 하고는 부대에서 보유하고 있던 M완 소총과 칼빈 소총을 비롯하여 소련제 따발총 등 여러 자루의 소총과 실탄을 우리들 몇 명에게 적당히 나누어 지급하였다. 그리고 무기를 지급받은 사람은 언제나 자기의 무기를 제대로 쓸 수 있도록 간수해야 한다고 하면서 우리 모두에게 소총을 소중히 간수하고 잘 정비하는 방법을 제대로 힘주어 교육하였다. 나와 일부 대원은 소총을 지급받지는 못했으나 소총을 다루고 그것을 분해 정비하는 교육은 모두 함께 제대로 받았다. 우리 유격대의 구성은 매우 엉성한 것 같았고 우리가 앞으로 해야 할 일도 매우 애매하게 느껴졌지만 우리 대원들 사이의 분위기는 매우 좋은 편이었다.

# 1월 30일

우리 부대는 다시 움직이어 남한강을 상류로 거슬러 올라가 충청북도 제천군堤川郡 한수면寒水面의 면사무소가 있는 곳에 가서 주둔하였다. 지금은 그때의 한수면 면사무소가 있던 지역 일대가 충주 댐이 건설되면서 이루어진 충주호의 물속에 잠겨버리어 한수면 사무소가 근처의 다른 곳으로 옮겨가 있다. 그곳에 이르러 다시 5, 6명의 그 지역 사람들을 대원으로 모아드리어 유격대 전체 인원이 20여 명으로 증가하였다. 유격대의 인원이 늘자 부대의 체제를 다시 정비하였다. 곧 우리 유격대를 2개 소대로 나누고는 소대장도 임명한 것이다. 그 밖에 나

충주호

와 함께 충주 출신인 김태영 군과 유격대 중에서 가장 나
이 어린 김종렬金鍾烈이란 친구가 뽑히어 세 명이 연락병
으로 임명되었다. 나는 발이 약간 불편하다는 점이 고려
되어 연락병으로 임명되었던 것 같다. 다행히도 나와 같
이 연락병으로 임명된 김태영 군과 김종렬 군은 나보다
도 한두 살 나이가 적은 친구들이었지만 매우 사교성도
좋고 언제나 쾌활하고 활발한 성격의 젊은이들이어서
실제로 여기저기 쫓아다녀야 하는 연락병 업무는 내가
걷는 것이 아직도 약간 불편하다는 것을 고려하여 나의
몫까지 주로 그들이 맡아서 해주었다. 그리고 김종렬 군
은 한수면 바로 옆의 수산면水山面 출신이라 그 근처 사

정과 지리를 잘 알고 있어서 여러 모로 매우 편리하였다. 때문에 나는 개별적으로 이 김종렬 군과 가장 친하게 지내게 된다.

제2사단 17연대는 1950년 9월 인천상륙을 하여 서울을 탈환하는데 큰 공을 세운 유일한 육군부대라는 자부심을 사병들까지도 갖고 있는 부대였다. 그러나 압록강 가까이까지 진출하였을 적에 한국전쟁에 참여한 중공군에게 기습 포위공격을 당하여 막대한 타격을 입고 전투능력을 거의 잃어 후방으로 나온 것이라 하였다. 우리 유격대의 지휘자인 문창덕 중위는 중국에서 국민당國民黨의 장제스(蔣介石) 총통이 개설한 황포군관학교黃埔軍官學校를 나온 뒤 정식으로 중국 군대 복무를 한 경력이 있다고 하였고, 매우 특출한 군인이라는 인상을 받았다. 우리가 하는 일은 주로 부대 작전지역 안의 수색업무였다. 매일 3, 4명씩 조를 짜서 일정한 동리를 수색하라는 임무가 주어졌는데, 그 고장의 제천군 한수면과 바로 옆 수산면 사람들이 여러 명 우리와 합류하고 있어서 그들은 그 근처 사정과 지리를 잘 알고 있었다. 따라서 그곳에서 우리에게 내려지는 수색임무는 군사 활동이 아니라 총을 메고 시골 마을을 놀러 다니는 것이나 다름이 없는 일이라고 모두들 생각하였다. 나도 몇 번 수색에 동참하였으나 나에게도 그곳은 고향이나 다름없는 고장이라 주민들을 만나면 친지들을 만난 듯이 대화를 주고받았으니 군대의 수색임무와는 거리가 먼 일이었다. 식품도 민간에서 적지 않은 양이 조달되어 식사는 가족과 함께 피란 다닐 때보다 훨씬 풍족한 편이었다. 한 번은 어디에서 황소가 생겼는지 제3대대 본부에서 큰 황소를 한 마리 잡아 살코기를 정리하여 큰 방 안에 모두 매달아놓았을 때에 갑자기 출동 명령이 내려져 전 부대가 어디론가 출동을 한 일이 있었다. 유격대원 서너 명이 남아서 대대본부를 지켰는데 마침 나도 그 지키는 인원 속에 끼게 되었다. 그때 우리는 하루 종일 할 일은 전혀 없는데 옆의 큰 방 안에는 막 잡아놓은 소고기가 가득히 걸려있었다. 우리는 숯을 구하여 화로에 불을 피워놓고 방 안에 잡아 걸어놓은 소고기를 칼로 적당히 떼어 갖고 와서 잘 썰어서 구워 먹었다. 한국전쟁 전까지만 해도 우리 고장에서는 아무리 부자라 하더라도 소고기를 이처럼 불에 구워 마음껏 먹는다는 것은 상상도 못할 일이었다. 따라서 소고기를 그대로 불에 구워 소금을 찍어 먹어 보는 일도 나는 이전에는 경험해 보지 못한 일이었다. 소고기가 기가 막힐 정도로 맛이 있었다. 지금도 그때처럼 다량의 맛있는 소고기를 마음껏 먹어본 일은 없다고 생각하고 있다. 우리 주변에는 우리 행동을 간섭하는 사람이란 하나도 없어서 우리는 배가 터질 정도로 소고기를 실컷 먹고 즐기었다. 그리고 이처럼 큰 식복을 누리게 된 우리 자신의 행운을 우리 모두가 함께 구가하였다. 서너 명이 소고기를 실컷 먹었다고 하지만 커다란 황소 한 마리를 잡아놓은 중에서 극히 일부를 잘라내어 구워 먹은 것이라 베어낸 자국도 별로 나지 않았던 것 같다. 우리 대대가 돌아온 뒤에 아무도 우리에게 소고기를 두고 탓하는 사람이 없었다.

계속 아무 일도 없이 나날이 흐른 것은 아니다. 하루는 6·25 때 그 근처 동리에서 부역을 했다는 사람들이 몇 명 3대대 정보과로 잡혀 왔다. 그 마을 사람 누군가가 군인들에게 밀고를 하여 잡혀온 것인지, 아니면 민정수색을 나갔던 군인들이 알아내어 잡아온 것인지는 알 수가 없다. 그중에는 여맹위원장을 지냈다는 어린 아기를 업은 젊은 부인도 끼어 있었다. 나는 아무리 저 여자가 공산당에 가담했기로 저 나이에 무슨 일을 얼마나 했다고 총을 든 남자들이 어린 아기까지 업고 있는 여자를 잡아오나 하고 의아하였다. 그런데 다음날 아침 자고 일어나자 잡혀온 사람들과 함께 그 여자도 총살해버렸다는 소문이 들려왔다. 나는 그 얘기를 듣는 순간 사람들이 한심스럽게 느껴졌다. 내 머릿속에는 아기를 업고 서있던 젊은 여인의 인상이 그대로 박혀 있었다. 그런 여자를 죽이라고 건장한 남자들 손에 총이 쥐어져 있단 말인가? 그러면 등에 업고 있던 아기는 어찌 되었을까? 총살했다는 것은 사실이 아니기를 간절히 바랬다. 그러면서도 나는 즉시 한 동리에서 온 김영근 군을 불러 이 얘기를 하고 이런 곳에 몸담으면 안 되겠으니 집으로 돌아가자고 제의하였다. 그러나 그는 그런 얘기는 사실 같지도 않고 또 우리가 그 일을 확인한 것도 아니며 우리 유격대에서 한 일도 아니니 좀 더 있어보자는 것이었다. 그리고 민간인 신분으로 피란 다니는 것보다는 현재 유격대 대원으로 있는 우리 사정이 더 안전하고 몸도 편하다는 것이다. 나는 더이상 고집 부리지 않고 그의 의견을 따르기로 하였다.

## 2월 15일

　제천군 한수면에서 보름가량 잘 지낸 뒤 2월 15일에 우리 부대는 경상북도 영천永川의 임고면臨皐面으로 이동하였다. 무얼 하러 어디로 가는 지도 모르고 우리는 명령에 따라 군 트럭 뒤에 올라앉아 그곳에 도착하였다. 우리는 트럭이 북쪽으로 가지 않고 남쪽으로 가고 있다는 사실만으로 다행한 일이라고 생각하였다. 그곳 임고면은 나에게 강물에 씻긴 것 같은 흙 섞인 절벽이 있는 지형이 특수한 곳이라는 인상만이 남아있다. 우리는 그곳에서 특별이 하는 일 없이 이틀 묵은 뒤 17일에 영천 시내로 나가 잠시 머물다가는 영천 근처 산악지대에서 활동하고 있는 공산군인지 빨치산인지 모르는 적을 토벌하는 작전에 참가하게 되었다. 첫날 총소리 대포 소리가 나는 작전지역으로 들어가면서 보니 국군부대가 산을 향하여 작은 야포까지도 쏘면서 적을 공격하고 있었다. 정말로 적을 보고 공격을 하는 것인지, 적이 있을 것이라 짐작하고 위협사격을 가하고 있는 것인지 알 수가 없었지만 전쟁 분위기가 섬뜩하고 무서웠다. 그 뒤로 영천 자천면이란 곳으로 옮기어 주둔하면서 우리 유격대에는 매일 북쪽 입석리의 보현산 근처를 중심으로 수색을 하라는 명령이 하달되었다. 우리는 수색을 빌미로 매일 그 근처 동리를 놀러 다니게 된 것이다. 그때 들리는 소문에 의하면 그곳 자천면은 미인의 산지여서 그곳에는 이쁜 여자들이 무척 많다는 것이었다. 우리는 수색 임무를 지니고 여러 마을로 나갔지만 빨치산보다도 여자들에 대하여 더 많은 관심을 가지고 돌아다니며 여러 동리를 둘러보았다. 미인의 산지라는 선입감 때문인지는 알 수 없지만 모두들 이곳 자천면의 젊은 여인들 중에는 특히 미인이 많은 것 같다는 의견들이었다. 우리 유격대의 임무는 상부 명령에 따라 동리 주민들을 만나 빨치산의 동정을 알아내는 일이었다. 나도 매일 수색대에 끼어 여러 곳을 돌아다니며 동리 사람들을 만나 빨치산의 움직임에 대하여 알아보려고 하였으나 한 번도 상부에 보고할만한 사실을 직접 보거나 그곳 사람들의 얘기를 듣지 못하였다. 때문에 나 자신에게는 우리 부대가 후방에서 벌이고 있는 작전에 대하여 별로 심각하게 느껴지지 않았다. 마치 장난을 치고 있는 것만 같은 분위기라고 여겨졌다. 심지어는 진짜 빨치산이 이 근처에 정말로 있는 것인가 하는 의문까지 생긴 적이 있었다. 그러니 늘 시골 마을을 찾아다니고 있지만 군사적인 수색 임무를 수행하고 있는 것이 아니라 새로운 고장을 찾아 유람을 하고 있는 것 같은 기분이었다. 다만 가족과 피란을 다니는 것보다는 총을 메고 군인 행세를 하며 소일하는 편이 훨씬 몸도 가볍고 마음도 즐거운 편이었다. 우리가 지금 돌아다니며 구경하고 있는 경상북도 영천 지방은 나로서는 처음 와보는 곳이다. 이처럼 이전에 가보지 못한 고장을 돌아다니며 여러 가지 실상을 눈으로 보는 것도 매우 즐거운 일이었다.

## 2월 23일


　나와 같은 마을에서 온 김영근 군이 동료 세 사람과 한 조가 되어 수색을 나갔다가 우리가 주둔하고 있는 곳으로부터 멀리 떨어져 있지 않은 입석리에서 숨어있던 빨치산에게 잡혀갔다는 보고가 부대로 들어왔다. 정말 놀라운 일이었다. 그제서야 빨치산이 이 근처에 정말로 잠복해 있다는 것을 실감하게 되었다. 그리고 그때부터 나뿐만이 아니라 여러 부대원들이 이전과 거의 같은 동리나 산골짜기 같은 곳을 돌아다니게 되는 것인데도 모두들 약간의 긴장하는 마음을 갖게 되었다. 특히 나는 한마을에서 함께 온 친구가 잡혀간지라 매우 걱정이 되었다.

우리 유격대에서는 처음 당한 희생이라 모두가 크게 놀라고 두려운 마음을 갖게 되었을 것이다. 이로부터 우리의 수색활동은 유람하는 것 같은 움직임에서 벗어나 어떤 곳을 가던 매우 주의 깊게 앞뒤를 살피며 신중히 행동하는 태도로 바꾸어졌다. 그때부터는 어떤 동리에 수색을 나가거나 전에는 나의 친지 같이 여겨지던 그 지방 주민들에 대하여도 약간 경계하는 마음을 갖게 되었다. 언제 어디로부터 적이 튀어나와 총을 겨누고 우리를 잡아가게 될런지 모른다고 생각되었기 때문이다. 이때부터 우리의 수색 활동에는 어느 정도 군의 작전 같은 진지함이 보태어지게 되었다.

여러 날이 지난 뒤 3월 6일에 우리는 자천으로부터 영천 읍내로 옮겨갔다. 그날 다행히도 빨치산에게 잡혀갔던 김영근 군의 일행 3명이 모두 무사히 탈출하여 부대로 돌아왔다. 그들은 빨치산들의 감시가 소홀한 틈을 타 도망쳐 나왔다고 하였다. 그때까지 나는 빨치산의 모습을 한 번도 본 일이 없고 또 그들을 우리 유격대가 발견하고 포로로 잡아오거나 그들에게 공격을 가하여 사살하였다는 말도 들어본 일이 없다. 그런데 나의 친구들이 우리가 주둔하고 있는 곳으로부터 가까운 동리에서 그들에게 잡혀갔다가 목숨을 살려 도망쳐 돌아왔으니 그 상황이 이상하게 느껴졌다. 빨치산이 틀림없이 있기는 있는데 그들이 어디에 어떻게 숨어서, 어떻게 행동하기에 이런 상황일까 짐작도 하는 수가 없었다. 잡혀갔다 온 친구들이 전해주는 빨치산의 실상이나 그들의 경험담도 남의 얘기인 것처럼 잘 믿어지지 않았다.

우리는 정규군의 작전에 참여하고 있는데 내가 출동한 경우에는 한 번도 적을 직접 보지 못하여 나는 늘 장난 같은 느낌이 들었다. 그런 중에 한 번은 빨치산 부대의 이동 경로에 대한 정보를 우리 부대가 입수하였다는 것이었다. 우리 부대는 그들의 이동 경로를 파악하고 그들이 장차 통과하게 될 요지에 미리 포위망을 치고 기다리고 있을 것이니 일부 정규군 부대원과 함께 우리 유격대는 그들 후방을 막고 추격하여 오라는 명령이 내려졌다. 그날은 우리 소대가 출동할 차례가 아니었지만 나는 적을 구경할 수 있는 절호의 기회라 생각하고 자원하여 출동 팀에 끼었다. 우리는 현역 군인들을 따라 험한 산속을 빨치산이 지나갔다는 경로를 따라 뒤를 밟아가게 되었다. 현역 군인들은 우리를 선봉대로 세워 자기들보다 한 발 앞서 가면서 빨치산 부대를 추격하도록 하였다. 나는 동료 서너 명과 함께 총을 들고 맨 앞에 선봉으로 추격 작전에 참가하게 되었다. 진짜 빨치산의 모습을 직접 내 눈으로 확인하고 싶었다.

한참 동안 산속을 가다가 보니 우리 앞쪽 숲 속에 갑자기 큼지막한 노루 한 마리가 나타났다. 나와 함께 앞서 가던 동료들이 거의 동시에 잡자고 하면서 일시에 총을 들고 겨누어 노루를 쏘았다. 나도 그들과 함께 쏘았던 것 같다. 누구의 총에 맞았는지 알 수는 없지만 노루는 총에 맞고 쓰러졌다. 우리는 군의 임무 수행 중이라는 사실도 잊고 노루를 잡았다고 무척 좋아하며 쓰러진 노루에게로 달려갔다. 그러나 뒤이어 좇아온 추격을 지휘하던 중대장 정도로 보이는 현역 장교는 우리를 노려보면서 노루를 잡으면 재수가 없다는데 이놈들이 노루를 잡았다고 야단을 친 뒤, 날도 저물어가고 있으니 더 가지 말고 아래 동리로 내려가서 쉬었다가 다시 간다는 작전명령이 내려졌다. 우리는 잡은 노루를 둘러메고 가까운 동리로 내려갔다. 동리로 내려와 숙소를 잡은 뒤 곧 날이 어두워져 우리는 잡은 노루를 삶아 노루고기로 반찬을 삼아 저녁을 잘 먹고 잠을 잤다. 우리는 이렇게 된 것은 우리가 노루를 잡은 행운 때문이라며 모두가 즐거운 하룻밤을 지냈다.

 다음 날 새벽에 상급의 장교가 우리가 머물고 있는 곳으로 와서는 빨치산들이 포위망 속으로 들어와 공격을 가했는데 후방이 열려있어 모두 되돌아 도망쳤다고 하면서 성이 나서 펄펄 뛰었다. 작전명령을 충실히 수행하지 않아 군 작전을 망친 지휘관은 처벌을 받아야한다고 하면서 어제 우리와 함께 행동한 장교를 심하게 꾸짖으며 구타하였다. 장교가 구타당하는 광경은 처음 보는 일이었다. 작전을 그대로 수행하지 않게 된 원인이 우리가 노루를 잡은 데 있었음으로 우리는 정말 몸 둘 곳을 몰랐다. 우리는 잔뜩 얻어맞은 장교가 뒤에 우리를 불러 작전 중에 멋대로 노루를 잡았던 일을 추궁하며 우리에게 화풀이나 하면 어찌하나 하고 전전긍긍하였으나 아무런 일도 없이 무사히 넘어갔다. 어떻든 나로서는 적의 모습을 구경할 기회를 노루를 잡는 바람에 영영 놓쳐버리게 되었다. 그러나 유격대원들은 노루를 잡은 덕분에 일찍

이 마을로 내려와 그 노루 고기를 곁들여 저녁을 맛있게 먹었고 위험한 적과의 전투도 피할 수 있었다고 하면서 모두가 기뻐하였다.

그 밖에 영천의 서남쪽으로 고경면 북안면 쪽도 하루 이틀씩 수색 명령을 받고 돌아다녔다. 영천에는 거의 한 달 넘는 동안이나 머물면서 적군 토벌작전을 수행하였는데 우리 유격대 멤버 중에서도 나만은 끝까지 빨치산의 모습을 구경도 못하였다.

이 뒤로 3월 7일부터 4월 11일에 이르는 동안은 그 기간의 행적을 깨알처럼 작은 글씨로 적어놓은 내 수첩 한 장이 떨어져 달아나 확실한 우리의 행적을 알 수가 없다. 부대의 지휘관은 우리가 개별적으로 부대의 행적을 기록하거나 일기 같은 것을 쓰지 못하게 엄격히 금하였기 때문에 나는 몰래 깨알처럼 작은 글씨로 우리가 거친 곳과 한 일에 관하여 간략히 적어놓은 작은 수첩을 늘 품속에 감추어 지니고 다녔다. 그 수첩은 내 몸속 작은 주머니에 숨겨져 비에 젖기도 하고 찢어지기도 하여 거기에 글을 제대로 적기도 쉽지 않았다. 그런데 지금에 이르러서는 세월이 오래 지난데다가 종이가 구겨지고 물에 젖어서 써놓은 글씨 색깔이 번지기도 하여 수첩의 글을 올바로 읽기가 매우 어려운 모양새가 되어 있다. 그러니 수첩 한 장만이 떨어져 달아난 것도 행운에 속한다고 할 수 있다. 그리고 기록이 없어진 그 며칠 사이에는 그대로 영천 근처의 어느 곳을 수색 명령에 따라 수색을 핑계로 유랑하듯 돌아다닌 것만은 확실한 사실이다. 다행히도 매일 거의 비슷한 일정이었음으로 그다지 중요한 기록 부분은 아니라고 자위를 하고 있다. 그리고 바로 이 시기 중의 어느 날에 우리 부대에 다시 경상북도 북쪽 방면으로 이동을 하라는 명령이 내려와 우리 생활에 큰 변화가 일어났던 것도 틀림이 없는 사실이다. 여하튼 내 종군기록은 한 달 이상을 뛰어넘어 4월 11일로 옮겨가게 된다.

# 4월 11일


이 날 이전에 우리 부대는 경상북도 청송과 영양을 경
유하면서 경상북도의 북쪽 지역으로 이동하였다. 제17
연대의 연대본부는 봉화군 춘양이었던 것으로 기억하고
있고, 우리 유격대는 제3대대를 따라가 더 북쪽으로 올
라가서 영동선이 지나가고 있는 작은 역이 있는 석포石
浦라는 곳에 여러 날 머물게 되었다.

우리는 석포에 유격대 본부를 두고 봉화군 석포면과
소천면을 비롯하여 울진군 서면 및 강원도 삼척시 가곡
면에 걸친 넓은 지역을 누비면서 몇 개 조로 나누어져 잠
복근무와 수색활동을 하였다. 그러나 나는 연락병이라

서 대부분의 날짜를 유격대 본부가 있는 석포에서 보냈다. 이 시절 석포 주위의 산에는 꿩이 많아 아침이 되면 많은 꿩들이 산에서 마을 근처 산기슭의 밭으로 내려왔다. 나는 거의 아침마다 일찍 일어나 꿩이 많이 내려오는 산기슭으로 달려가서 꿩을 향해 칼빈 총을 가끔 쏘면서 아침 산책을 즐기었다. 꿩을 향해 총을 쏘기는 하였지만 실제로 꿩을 잡으려는 생각은 전혀 갖지 않고 꿩들을 상대로 장난을 쳤다. 꿩들은 내가 총을 몇 발 쏘아도 자기들을 쏘아 잡으려는 뜻이 없음을 알아차린 듯이 바로 날

석포역

아가지 않고 팔딱팔딱 뛰면서 나를 놀리다가 날아가 나를 심심치 않게 해주었다. 이전에 영천의 자천면에서 작전에 참여하고 있을 때 나는 산길을 가다가 우연히 새 한 마리를 총으로 쏘아 잡은 일이 있었다. 달려가 땅바닥에 떨어져 있는 죽어가는 새를 들어 올려 들여다 보면서 나는 새를 총으로 쏘아 잡은 것을 크게 후회하였다. 새가 몹시 가엽게 여겨졌다. 죽은 새를 들고 이것을 어떻게 처리해야 하나 하고 고민하고 있을 때 한 농부가 다가와서 그 '산비둘기'를 자기에게 달라고 요구하였다. 나는 그 농부를 통해서 내가 잡은 새가 산비둘기임을 알았다. 약으로 쓰겠다는 것이었다. 나는 흔쾌히 즉시 죽은 산비둘기를 농부에게 건네주었다. 그리고 다시는 산의 새나 짐승들을 총으로 쏘아 잡지 않겠다고 마음 깊이 다짐하였다. 따라서 나는 꿩을 향해 가끔 총을 쏘기는 하였지만 전혀 조준사격을 하지는 않았다. 꿩들도 나의 그런 태도를 알아차리고 나를 즐겁게 대해주었던 것만 같다. 하루는 이처럼 무단히 총을 쏘는 행위가 한 현역 장교에게 발각되어 그 자리에서 '엎드려뻗쳐'를 당한 뒤 몽둥이로 엉덩이를 여러 대 얻어맞은 일도 있었다. "네 총소리가 이 근처에 주둔하고 있는 우리 군인들을 얼마나 놀라게 하는지 아느냐?"는 것이었다. 멋대로 총을 쏘는 것은 잘 못임을 나 자신도 잘 알고 있었기에 변명 한 마디 못하고 매를 맞았다. 적을 향해서는 총 한 발도 쏘아보지 못한 주제에 아침마다 꿩이나 뒤쫓으며 함부로 총을 쏘고 있는 내 스스로가 가소롭기도 하였다. 그러나 장교에게 매를 얻어맞은 뒤로도 나는 계속 이른 아침이면 산책을 겸하여 동리에서 좀 떨어진 산기슭으로 꿩을 뒤쫓아 다니면서 총도 쏘고 아름다운 산 풍경과 맑은 공기도 마음껏 즐겼다. 4월 13일과 14일에는 봉화군 소천면 반야라는 동리에서 잠복근무를 하였다.

# 4월 15일

이 날 새벽에는 석포리에서 좀 떨어진 위쪽 마을로 가서 산기슭 밭에 내려온 꿩을 뒤쫓고 있었는데 갑자기 마을 주민 한 사람 쫓아와 나에게 바로 자기 마을에 빨치산이 내려와 있다는 사실을 알려주었다. 나는 그 농부의 말을 듣고 홀로 어찌해야 좋을지 몰라 겁부터 더럭 났으나 빨치산은 여자 한 명이라는 말에 마음이 약간 놓이어 총을 메고 마을 주민을 앞세우고 그의 뒤를 따라 마을로 갔다. 마을에 도착해 그 주민을 따라 한 집 안으로 들어가 보니 이미 마을 사람들이 거지같은 여자 빨치산을 한 명 방 안에 잡아 놓고 있었다. 여자 빨치산이 갖고 내려온 일본 군인들이 쓰던 총은 빼앗아 마을 사람이 들고 있었다. 그 빨치산은 마을 주민들에게 머리를 얻어맞은 듯 이마 위에 약간의 피를 흘리고 있었다. 그는 나를 보자마자 마을 사람들에게 때리지 않도록 말려달라는 애원이었다. 나는 군인다운 위세를 가다듬고 동리 사람들에게 여자를 때리지 말라고 달래고는 그 빨치산에게 무얼 하려고 마을로 내려왔는가 물었다. 산속에 먹을 것이 없어 여러 날 굶은 탓에 너무나 배가 고파서 홀로 요기療飢를 하려고 도망쳐 내려왔다는 대답이었다. 그 여자는 배가 고프니 우선 먹을 것 좀 달라고 애원하였다. 나는 마을 사람들에게 부탁하여 먹다 남은 음식이 있으면 먹을 것을 좀 갖다 주라고 부탁하였다. 마을 사람들이 먹다 남은 밥과 반찬을 갖다 주자 여자 빨치산은 허겁지겁 다 먹어치웠다.

오랜만에야 처음 직접 대면하게 된 나의 적군인 빨치산을 보고 나는 마음속이 허탈해졌다. 얼굴도 여러 날 씻지 않은 것 같은 모양새에 다 해진 누더기 옷을 걸치고 허겁지겁 거친 음식을 먹는 형편없는 거지와 같은 여자를 내려다보고 있으려니 이런 게 내가 여러 날 국군과 함께 뒤쫓은 적이었는가, 이런 여자가 어쩌다가 우리의 적이 되어있는가, 우리가 싸우고 있는 상대는 정말 적인가, 하는 등의 생각이 마음속에 맴돌았다. 이 빨치산 포로는 형편없는 몰골이지만 나이는 나보다도 더 어리다고 여겨졌다. 우선 이런 나이의 어린 여자가 어찌하다가 자기 부모 곁을 떠나 빨치산이 되어 밥도 못 얻어먹으며 깊은 산속을 헤매게 되었는가 의심스럽기만 하였다.

나는 포로를 잡았으니 어쨌든 전공을 세운 셈이라고 생각하면서 빼앗은 총까지 함께 둘러메고 여자 포로를 데리고 석포리의 우리를 지휘하고 있던 문창덕 중위에게로 달려갔다. 문 중위는 내가 끌고 온 포로를 살펴보고는 "너는 어디서 이따위 여자 포로를 잡아왔느냐?"고 꾸짖는 말인지, 칭찬하는 말인지 분간 못할 말을 하고는, 이런 포로는 여기서는 잠시도 어찌하는 수가 없으니 네가 책임지고 당장 춘양의 연대본부로 끌고 가서 인도해주라는 명령이었다. 조반을 서둘러 먹은 뒤 명령을 따라 여자 포로를 데리고 밖으로 나가니 마을 아이들이 구경거리라도 생긴 듯이 줄줄 내 뒤를 따라왔다. 마치 나 자신도 아이들 구경거리가 된 것 같은 느낌이었다. 동리를

벗어나자 아이들을 모두 동리로 쫓아 보내고 나서, 나는
바로 여자 포로를 개울 가로 데리고 내려가서 세수를 시
키고 머리도 좀 가다듬게 한 뒤 더럽고 찢어진 옷일망정
차림새를 고치게 하였다. 얼굴을 씻고 몸에 걸친 옷에 손
을 좀 대자 포로의 외양이며 매무새가 훨씬 좋아졌다. 데
리고 가면서 물어보니 자기는 서울에 집이 있고 부모가
계시며 이화여자중학교 3학년 학생이었는데, 6·25사변
직후 인민군이 후퇴할 적에 어쩌다가 의용군 틈에 끼어
지금의 처지까지 전락하게 되었다는 것이었다. 나와 함
께 걸으며 말을 주고받으면서 그의 태도나 몸가짐도 훨
씬 자연스러워졌다. 만약에 대비하여 갖고 온 군용 건빵
을 좀 꺼내주자 그는 맛있게 먹으면서 매우 좋아하였다.
목소리도 훨씬 밝아졌다. 빨치산이 아니라 보통 가정의
소녀처럼 느껴지기도 하였다. 다행히 중도에 춘양으로
가는 재목을 실은 트럭을 만나 그것을 얻어 타고 쉽게 목
적지 근처에 도착할 수 있었다. 나는 여자 포로를 연대본
부에 넘겨주고 다음 날 석포리로 돌아왔다. 그런데 이 여
자는 포로수용소로 후송되지 않고 뒤에 그대로 자유로
운 몸이 되었다고 나는 기억하고 있다. 얼마 후에 길을

가다가 우연히 국군 작업복을 입고 지프 차를 타고 가던 멋진 여자를 다시 만난 일이 있다. 그때 그 여자는 나를 보자 차에서 내려 반가워하면서 나에게 인사를 하였으나 처음에는 나는 그가 누구인지 알 수가 없었다. 그 여자는 자신이 누구인가 나에게 알려준 다음 "다행히도 자기는 우리 연대본부에서 그 부대를 따라다니고 있는 자기 중학교 동창생을 한 명 만났는데, 마침 그 친구는 우리 연대 소속 고급장교의 누이동생이어서 그 친구의 주선으로 자신이 바로 자유로운 몸이 될 수 있었다."고 내게 알려준 것으로 기억하고 있다. 그 여자는 내게 잘 대해 주어서 고맙다는 인사를 거듭하고는 떠나갔다. 여하튼 내가 잡은 포로가 자유로운 몸이 되었다는 소식을 들으니 매우 기뻤다.

그 뒤로도 석포리를 근거로 하여 4월 17일에서 19일에 이르는 기간에는 봉화군 소천면 중곡리에서 잠복근무를 하면서 일부는 적을 추격하기도 하였다. 그리고 근거지는 석포리에 두고 강원도의 면산과 태백산 근처를 중심으로 하는 지역 산골 여러 동리에서 거의 매일 잠복근무라는 것을 하였고, 때에 따라서는 멀리 정선에 이르기까지 명령을 따라 적을 추격하기도 하였다. 그러나 나만은 여전히 근무 중에 적이라는 상대는 구경도 못하여 계속 모든 하는 짓들이 군의 작전이 아니라 장난처럼 느껴졌다. 그래서 나는 늘 이전에는 가보지도 못하였던 강원도의 아름다운 산과 산골짜기를 놀러 다니는 기분으로 따라다녔다. 나는 심지어 잠복근무도 아름다운 강원도 산골로 놀러 나와서 잠자는 것 정도로 알고 지냈다.

## 4월 26일

　저녁 무렵에 갑자기 내일 부대가 이동할 것이니 잠복 근무를 나가 있는 대원들을 모두 철수시키라는 명령이 내려졌다. 석포리에는 연락병과 두어 명의 대원만이 남아있던 처지라 먼 산골짜기에 가 있는 친구들을 내일까지 가서 이곳으로 데려오라는 명령이 나와 또 한 명의 동료 두 명에게 내려졌다. 날은 곧 어두워졌고 임무를 수여받은 우리 둘은 그들이 있는 곳을 어떻게 가야할지 전혀 알 수도 없는 처지였다. 궁여지책으로 석포의 경찰 파출소를 찾아가서 소장에게 부탁하여 그곳 지리를 잘 아는 순경을 두 명 동원하였다. 그 시절에는 경찰은 군 작전에 관계되는 군의 요구에 꼼작도 못하고 응해주는 수밖에 없었다. 그날은 음력 그믐밤이었던지 코앞을 분간할 수 없을 정도로 사방이 캄캄하였다. 순경들 말이 우리가 가야할 목적지는 전쟁 전에 가보기는 한 곳이지만 무척 험한 산속의 길이고 중간에는 계속 공비가 출몰하고 있는 지역이라, 더구나 오늘 같은 이런 캄캄한 밤에는 갈 수가 없는 곳이라고 하였다. 그러나 이미 떨어진 군의 명령이라 아무도 그 명령을 거역할 수 없다. 우리는 죽는 한이 있더라도 가야 한다고 엄포를 놓으면서 순경들을 데리고 길을 나섰다.

캄캄하고 험한 산길로 들어서자 얼마 못 가서 순경들의 발걸음도 더듬거리기 시작하였다. 처음에는 숲 속에서 바삭 소리만 나도 우리는 총을 잡고 엎드려 전투 자세를 취하였다. 전진 속도가 너무 느려지자 결국은 길도 모르는 우리가 앞장을 서고 순경 두 명은 방향만 옳게 잡아주며 뒤에 따라오도록 하였다. 중간에 목적지가 얼마 정도나 남았느냐고 물어보면 자기들도 지금 우리가 서있는 위치가 어디인지 전혀 분간할 수가 없고 옛날 기억을 더듬어 대략 방향을 잡아 여기까지 왔는데 제대로 온 것인지도 잘 모르겠다는 대답이었다. 그러나 달리 어찌하는 수가 없었다. 이렇게 한참을 가던 중 멀리서 웅성거리는 인기척이 들려왔다. 우리는 곧 순경 한 명씩을 데리고 길 양편으로 갈라져서 안전한 곳에 몸을 숨겼다. 어둠 속에 다가오는 말소리를 들어보니 다행히도 우리 유격대 대원들이었다. 그들이 정말 반가웠다. 먼저 우리가 있다는 것을 알리고 나가서 만나보니 그들 말이 본시 오늘이 철수하는 날인데 서너 마을에 분산되어 잠복근무를 하던 대원들을 집합시키다 보니 돌아오는 시간이 이처럼 늦어졌다고 하였다. 그리고 이 정도면 석포리는 거의 다 온 셈이라고 그들은 알려주었다. 정말로 대원들과 합류한 뒤 길을 걸어보니, 우리는 서너 시간은 걸어간 것 같은 느낌이었는데 한 시간도 못되는 것 같은 동안에 석포리에 무사히 도착하였다. 그리고도 다음 날 나는 우리의 지휘 장교로부터 정말 어려운 임무였는데 잘 수행해 주었다고 대단한 칭찬을 들었다.

## 4월 28일

우리 부대는 석포리에서 그다지 멀지 않은 대현리로 이동하였다. 4월 29일에는 다시 전 부대가 군 트럭을 타고 충청북도 단양丹陽을 거쳐 나의 고향에 가까운 제천군 백운면白雲面까지 갔다. 백운면은 충주로부터 제천으로 가는 국도 중간에 있는 유명한 험한 고갯길이 나있는 천둥산 박달재 옆 골짜기에 있는 풍광이 아름다운 고장이다. 유행가로 많은 사람들이 "울고 넘는 우리 님아!" 하고 부르는 '천둥산 박달재'이다. 지금은 박달재도 밑에 터널이 뚫리어 고갯길을 넘는 힘을 들이지 않고도 충주 쪽으로부터 제천 지역으로 쉽게 갈 수가 있다. 고향 가까이 왔으니 좀 오랜 동안 머물러주었으면 좋겠는데, 전혀 이 근처에 오래 머무를 기색이 보이지 않았다. 4월 30일에는 강원도 원주原州를 경유하여 경기도 양평楊平 근처의 백현리까지 옮겨 갔다. 하루하루 북쪽의 전쟁이 벌어지고 있는 일선으로 가까이 다가가고 있다고 느껴져서 모든 대원들의 표정이 그다지 밝지는 않은 것 같았다. 여기서부터 우리 유격대는 다시 현역부대와는 따로 움직이기 시작하였다. 다음날은 여주군驪州郡의 곡수리 (백현리도 여주군일 듯)로 옮겨 갔는데 전투가 벌어지고 있는 일선이 가까워지고 있는 것 같은 낌새가 더욱 분명해졌다. 싸움에 패하여 밀려가던 중공군이 다시 2차 공세를 취하여 남쪽으로 공격해 내려오고 있다는 소문이 들려왔다.

## 5월 2일

우리는 다시 경기도 양평군 옥천면 정배리로 이동하였
다. 이후 4일 동안 우리 유격대는 그 근처 가평군加平郡
설악면雪嶽面의 가일리와 양평군 옥천면의 양현리 절배
리 등을 비롯하여 유명산과 용문산龍門山 자락 골짜기 동
리를 수색하는 일을 수행하였다. 그때 우리 국군 제17연
대는 유명산과 용문산 북쪽 기슭에 방어선을 구축하고
중공군의 남하에 대비하게 되었다. 아마도 그것은 우리
육군본부에서 수도 서울의 방위를 위하여 다른 국군부
대와의 연계 아래 친 중요한 방위선이라고 추측되었다.
하루는 한복을 입은 농민들 아저씨와 아주머니 서너 명

이 전선을 넘어오다 군인들에게 잡혀왔는데, 간첩으로
판단되었는지 총살을 하였다고 한다. 정말일까? 내가 보
기에 그들은 우리의 순박한 농민임에 틀림없을 것으로
여겨졌다. 따라서 총살을 당했다는 그들이 아무런 죄도
없는 무고한 사람들이라 생각되었다. 아무런 저항 능력
도 없는 그들을 총으로 쏘아 죽였다면 그들을 죽인 군인
들의 처사가 적절치 못하다고 여겨졌다. 아무리 전쟁 중
이라고는 하지만 그처럼 순박한 농민들까지 총으로 쏘아
죽여야만 하는가? 허망한 느낌이 들었다. 어떤 명분을
내세운다 하더라도 전쟁 자체가 죄악이라고 여겨졌다.

중공군의 모습

## 5월 7일

우리 부대에서는 유격대 전원을 국군이 쳐놓은 방위선 전방의 가일리로 내보내어 그 산골마을을 중심으로 잠복근무를 하게 하였다. 우리 뒤로는 빈틈없는 철조망이 쳐져 있고 지뢰지대까지 만들어 놓은 우리 군의 방어진이 쳐져 있어 중공군 대부대가 공격하여 온다 해도 우리 유격대원은 아군 쪽으로는 되돌아갈 수도 없는 실정이었다. 부대에서는 자기들만이 아는 경로를 통하여 먹을 것을 보급해주고 명령을 하달하며 우리를 지휘하였다. 그때 우리 유격대원들은 현역 군인들이 해도 너무 한다고 바로 느꼈다. 우리를 전혀 동료라고 생각하고 있지 않음이 분명하다고 판단하였기 때문이다. 그 동리는 지역이 상당히 넓은 산골 마을이어서 그곳을 방위하기 위하여 우리는 20여 명을 10여 조로 나누어 한 초소에 2명씩 배치하고 매일 24시간 계속 잠복근무를 하여야만 하였다. 아무래도 우리는 군번도 없으니 죽어도 상관없는 소모품 정도로 부대에서는 생각하고 있는 것 같다고 우리들 스스로 판단하였다. 우리는 모여 앉아 의논하였다. 부대에서는 우리를 마치 쳐들어오는 중공군을 막으려고 쳐놓은 방위전선 앞에 방파막이가 될 미끼처럼 내보내 놓은 것임이 분명하다고 의견이 합치되었다. 그러니 우리 스스로가 이런 특수한 상황에 잘 대비하기로 하였다. 실지로 중공군 대부대가 우리 앞에 진격하여 왔을 때 우리가 총을 들고 있으면 위험하기만 할 것이니 되도록 총은 몸으로부터 멀리 떨어뜨려 놓고 있는 편이 안전할 것이라고 우리들의 의견이 모아졌다. 또 되도록 둘이 다 자고 있으면 아무리 중공군이라 하더라도 무기도 멀리 팽개쳐 놓고 자고 있는 우리에게 총질을 하지는 않을 것이니 보다 안전한 방법이라는 얘기도 주고받았다. 그래서 우리는 초소 근무가 아니라 총은 되도록 몸으로부터 멀리 떨어트려놓고 잠자는 것을 주목표로 하여 시간을 보내고 있었다. 실지로 24시간 아무런 하는 일도 없이 계속 근무랍시고 앉아있다 보니 둘이서 교대로 잠을 자기로 했지만 결국은 둘이 다 잠이 들어버리는 경우가 많았다. 가끔 정보과 현역 군인들이 순찰을 하다가 한 초소를 지키는 두 명이 모두 잠을 자고 있는 경우에는 몰래 총을 다 가져가 버리기도 하였다. 나도 한 번 잠을 자다가 총을 잃어버린 일이 있었다. 총을 잃은 다음 날이면 대대 정보과 군인들이 와서 혼을 내주고 기합도 주었다. 다만 3대대 정보과 군인들과는 그 사이 친구처럼 친해지기도 하였고, 또 최전방이라 그런지 주의만 단단히 주고 처벌은 모두 훈계로만 그치고 우리에게 총을 되돌려 주었다. 어떻든 모든 우리 유격대 대원들이 한두 번씩은 잠을 자다가 총을 잊어버린 탓에 현역 군인들로부터 심한 꾸중을 들었다.

그밖에 저녁이 되면 이웃 마을로부터 수십여 명의 젊은 여자들이 우리가 잠복근무를 하고 있는 가일리로 피신을 하여 왔다. 까닭은 옆의 부대(우리 2사단이 아님) 장병들은 밤만 되면 동리로 떼를 지어 몰려와 닥치는 대로 겁탈을 하기 때문에 그대로는 견딜 수가 없어서 얌전한 군인들이 지키고 있다고 소문이 난 이 동리로 몸을 피하기 위하여 온다는 것이다. 유격대에는 나보다 나이가 적거나 나이가 같은 아직 징집 연령 미달의 학생들이 반 정도이고 나머지는 나보다 나이가 많고 결혼을 했다고 생각되는 사람들도 있었다. 그러나 우리 대원들 중에는 마을 여자를 건드리거나 이상한 행동을 하는 사람은 하나도 없었다. 우리 마을로 피신을 온 아주머니들 중의 어떤 이는 가끔 자기들 중의 어떤 아가씨는 집안도 부유하고 사람도 얌전하고 예쁘니 한 번 함께 자고 인연을 맺어보라고 우리 대원들에게 권하기도 하였으나 우리는 그런 말에는 요동도 하지 않았다. 간혹 우리를 유혹하려는 자세까지 취하는 여인도 있었다. 그러나 우리는 모두가 의연하였기 때문에 그 동리와 옆 마을 여인들은 모두 우리를 친척처럼 대해주면서 우리의 어려운 처지도 알고 위로까지 해 주며 함께 밤을 지냈다. 오히려 피신을 오는 여자들이 우리에게는 위안이 되었다. 이 엉터리 잠복근무는 5월 16일까지 계속되었다.

우리는 무척 운이 좋았다. 중공군이 우리 부대 앞쪽으

로는 내려오지 않고 먼저 양옆 부대 쪽으로 내려와 접전
이 시작되어 우리는 중공군은 직접 대해보지도 못한 채
다시 방위선 뒤쪽 우리 부대 안으로 불려 들어갔다. 중공
군이 쳐내려왔지만 우리 부대는 전투를 하지 않아 완전
히 무사하였다. 그리고 다음 날부터 우리 부대는 옆의 부
대와 손잡고 중공군을 밀고 북쪽으로 진격하기 시작한
다. 어떻든 우리의 이 방위전선에서의 잠복근무는 현역
군인들이 우리 유격대 대원들을 군번도 없는 소모품 정
도로 생각하고 있다는 사실을 확인하게 하여 이로부터
우리는 우리 스스로가 우리의 안전을 강구하지 않으면
안 된다는 사실을 절실히 깨닫게 되었다.

# 5월 17일

우리 부대는 운이 좋아 남쪽으로 내려오는 중공군의 공격을 직접 받아 싸워보지도 않고 양옆 부대들이 중공군의 공격을 물리친 덕분에 다른 부대와 함께 중공군을 밀고 북쪽으로 전진하기 시작한다. 부대로 무사히 돌아온 우리 유격대는 이 날 돌아오자마자 '작업 소대'라고 호칭이 바꾸어졌다. '작업 소대'라는 호칭은 무척 기분이 나빴다. 뒤에 안 일이지만 그때 군부대에는 군 장비를 운반할 인부가 없어서 부대가 전진할 적에 우리를 노역 인부로 쓰기 위해서 호칭을 바꾼 것이었다. 그때부터 우리에게 박격포탄 같은 것을 운반시키기 시작하였다. 작업 소대는 정말 싫었다. 일선에서 싸우다 죽으면 할 수 없는 일이라지만 짐 지고 노역이나 하다가 죽게 된다면 정말 억울할 것 같았다. 모두가 군부대를 따라와 짐을 나르는 노역을 하게 된 것을 후회하였으나 그때에 와서는 어찌할 수가 없는 처지였다. 현역을 지원하면 작업 소대에 가지 않아도 된다는 말에 거의 모두가 현역을 지원하였으나 나는 지원하지 않았다. 그리고 현역을 지원했던 사람들도 결국은 우리의 '작업 소대'를 떠나 현역병이 된 사람은 하나도 없었다. 우리는 모두가 제17연대 3대대 소속 작업 소대원으로 끝까지 함께 움직이었다. 어떻든 이날부터 우리 군의 반격이 시작되어 전투를 하며 중공군을 밀고 북쪽으로 올라가기 시작하게 된다. 그러나 처음 이틀 동안은 작업 소대에 여전히 수색 임무가 주어져서 가일리와 방일리 일대를 수색하는 일을 하였다.

적을 공격하면서 전진이 시작되어 5월 19일에는 작은 보트를 나누어 타고 청평호 위쪽을 건너갔다. 그런데 우리는 20일부터 본격적인 작업 소대가 되었다. 우리는 모두 이동하는 부대를 따라 80mm 박격포탄 5개씩을 나누어 짊어지고 높은 고지를 오르내리며 전진하였다. 21일에는 포탄 6개씩을 지고 높은 고지 두 개를 넘어가서 꼬박 비를 맞으면서 밤을 새었다. 22일에는 나와 한 동리서 온 김영근 군이 홀로 유격대를 떠나 도망쳐 버렸다. 별로 약삭빠른 성격의 친구가 아닌데도 홀로 도망친 것을 보면 노역이 죽기보다도 싫었던 것 같다. 여하튼 김 군이 떠나간 것을 생각할 때마다 마음이 더 허전하였다. 북한강을 건너온 뒤로는 보급조차도 제대로 되지 않는 것 같았다. 매일 길도 없는 험하고 높은 고지를 오르내리며 하루 주먹밥 한 개밖에는 먹지 못하고 무거운 포탄을 등에 지고 나르느라 온 대원이 피로와 배고픔으로 신음하였다. 이젠 나도 기회만 있으면 도망을 쳐야겠다고 마음먹게 되었다. 종군이 무의미하게 여겨졌다. 이때에 와서는 나뿐만이 아니라 우리 대원 모두가 무의미한 군대의 노역 생활을 벗어나기 위하여 도망이라도 치려는 생각을 품었을 것이다. 정말 노예가 된 것 같은 기분이었다.

## 5월 23일

어제보다 약간 낮은 고지로 내려와 휴식을 취하였다.
24일에는 새벽에 출발하여 고지를 넘고 넘어 오랜만에
큰 길이 있는 곳으로 나왔다. 경기도 가평군 현리라는 곳
이었다. 나는 작업 소대의 두어 명 친구들과 의논하여 큰
길도 나왔고 우리의 위치도 알았으니 이젠 기회를 엿보
아 함께 도망쳐 집으로 돌아가자고 약속을 하였다. 우리
는 다음 날 밤에 부대를 몰래 떠나기로 약속하고 근처 동
리 민간인들을 찾아가 부근의 지리도 확인하면서 도망
칠 준비를 진행하였다. 그런데 25일 부슬비가 내리는 중
에 갑자기 3대대 전 대원에게 집합 명령이 내려졌다. 집

합하라는 장소로 대원들과 함께 달려가 보니 졸병 한 명을 집합한 부대원들 앞에 세워놓고 한 장교가 권총을 빼어들고 부대원들에게 무서운 경고를 하였다. 근래에는 부대로부터 탈영을 하는 자들이 계속 생기어 본보기로 탈영을 하다가 잡힌 이 친구를 전 대원이 보는 앞에서 총살하겠다는 것이었다. 그리고는 나와 비교적 가깝게 지내던 정보과 선임하사가 그를 끌고 미리 파놓은 참호 앞으로 가서는 소총으로 갈겨버리는 것이었다. 마치 그 총알이 내 등에 박히는 것만 같은 느낌이었다. 내 눈에서는 빗물이 섞인 눈물이 흘렀다. 오늘 저녁 함께 도망하기로 약속했던 두 친구는 나와 손을 잡은 채 말도 못하고 한동안 그 자리에 떨며 서있었다. 모두가 아무 말도 못하고 눈물만을 흘렸다. 우리의 부대로부터 도망치려던 생각도 그 졸병과 함께 그 자리에서 총살당하고 말았다. 빗물 젖은 참호 속에 가련한 졸병과 함께 우리의 약속도 묻혀버렸다.

## 5월 26일

현리를 출발하여 귀목이란 곳을 지나 한밤중에 논남이란 곳에 도착하였다. 다음 날은 다시 이동을 하여 오후에 38선 가까이까지 가서 머물렀다. 28일에는 다시 이동하여 38선을 넘어갔다. 우리가 지나는 도중의 한 산골짜기에는 죽은 군인들의 시체가 여기저기 엄청나게 많이 널려 있었다. 시체 썩는 냄새로 숨을 쉬기가 괴로울 정도였으나 겉으로 보기에는 죽은 지 그다지 오래 되지는 않은 것 같았다. 계곡에 여러 가지 자세로 여기저기 쓰러져 있는 군인들의 모습은 차마 눈을 뜨고 볼 수가 없는 광경이었다. 어디에서 온 사람들인가? 어찌하다가 이렇게 되었는가? 들리는 말에 의하면, 우리 국군의 모 사단 한 부대가 중공군에게 포위당하여 이 골짜기에서 전멸 당하였다고 한다. 무엇 때문에 사람들이 이처럼 서로 죽이는 전쟁을 하는가? 중공군은 무얼 하기 위하여 여기까지 와서 싸우는가? 정말 알 수가 없다. 그래도 걸어가면서 자기가 피우던 담배꽁초를 죽은 사람 시체의 입에 물려주고 가는 여유를 보이는 친구도 있었다. 죽은 친구를 자기가 피던 담배로라도 위로해 주려는 마음인 것 같았다. 정말 전쟁은 바참하기 짝이 없다. 참혹한 정경이다. 작은 나라가 어쩌다가 둘로 갈라져 이런 전쟁을 치르게 되었는지 우리나라와 나의 지금의 처지가 참담하기 짝이 없게 느껴졌다. 지옥 같은 정경이었다. 이것이 실은 우리의 실정을 웅변으로 대변하는 정경이 아닐까 여겨지기도 하였다.

그 골짜기를 다 지나가자 약간 평평한 길이 나왔다. 그 길을 가다가 뜻밖에도 우리 부대로부터 도망친 나와 한 동리 출신의 김영근 군을 만났다. 그는 여전히 소총을 메고 몇 사람과 함께 길을 가고 있었다. 내가 달려가 김 군을 불러 세우자 그도 크게 놀라면서 반기었다. 그는 지금은 특수한 독립된 정보부대인 H.I.D. 대원으로 일하고 있다고 알려주었다. 우리 부대로부터 도망쳐 가다가 중도에 한 군인에게 붙잡히었는데 다행히도 그들은 H.I.D. 대원이었고, 그들은 자기가 호소하는 사정을 듣고는 다시 도망쳐도 위험하니 이제부터 자기들과 함께 근무하자고 권하더라는 것이다. 자기도 그럴 수밖에는 없는 처지라서 이 H.I.D.라는 정보부대에 근무하게 되었다는 것이다. 그리고 그 정보부대는 적의 후방까지도 침투하여 활동하는 굉장한 부대인데, 우리 작업 소대보다는 훨씬 지내기가 좋은 편이라고도 하였다. 어떻든 그가 죽지 않고 살아있는 것만이 다행스럽게 여겨졌다. 한편 김 군의 변신이 약간 부럽기도 하였다.

그리고 이날 오후에 갑자기 우리 작업 소대를 불러 모아놓고 지금의 '작업 소대'라는 우리의 호칭을 거둬들이고 우리를 다시 '특공대'라는 명칭으로 부르게 되었음을 통보하여 주었다. 그 목적은 구체적으로 지금 설명해 줄 수는 없지만 지금부터 우리에게 특수한 작전 임무를 수행하도록 하기 위해서라고 하였다. 어떻든 모든 대원이 '작업 소대'보다는 '특공대'라고 불러주는 쪽이 군

인다워서 더 좋다고 여기며 어느 정도 기뻐하는 것 같았
다. 그러나 나에게는 '특공대' 라는 호칭이 약간 두렵게
느껴지기도 하였다.

## 5월 29일

우리를 특공대라고 호칭을 바꾼 목적을 알고 보니 우
리를 일선으로부터 후방으로 보내어 후방에 낙오되어
있는 중공군들을 잡아오도록 하기 위한 것이었다. 이때
며칠 동안 국군이 너무 빨리 반격을 하며 진군하는 바람
에 우리 후방 산속에 중공군 낙오병들이 무척 많이 남아
있게 되었다는 것이다. 현역병은 후방으로 빼어 보낼 수
가 없기 때문에 우리를 후방으로 보내어 그 낙오병들을
잡아오게 하겠다는 것이다. 뒤에 들은 얘기지만 전쟁 중
에 가장 높게 평가되는 군부대의 전과는 적병을 총으로
쏘아 죽이는 것보다도 적병을 포로로 잡아오는 것이라

한다. 우리 부대 지휘관이 보다 많은 부대의 전과를 올리기 위하여 후방의 중공군 포로를 잡아올 계획을 세웠던 것 같다. 여하튼 우리들에게는 이 새로운 작전이 매우 다행스러운 일이 되었다. 우리는 그날부터 후방으로 가서 무척 많은 중공군 낙오병을 잡아왔다. 우리 특공대는 후방으로 나가면서 서너 명씩 조를 짜 가지고 패잔병들이 숨어있다고 알려준 지역으로 가서 포로를 잡아오는 작전에 임하였다. 후방으로 나간 우리 친구들이 첫 날 하루에 중공군을 모두 합쳐 60여 명이나 잡아왔다. 중공군 낙오병들은 자신들이 후방에 낙오되어 있다는 사실을 잘 알고 있어서 우리 대원들을 보기만 하면 모두 대항할 생각은 전혀 하지 않고 스스로 두 손을 번쩍 치켜들고 숨어있던 곳으로부터 걸어 나왔다고 하였다. 그들을 잡아오는 것이 아니라 주워오는 것이라 말하는 편이 옳을 것이라 하였다. 우리는 포로를 잡아오는 작전을 수행하면서 미리 우리의 행동요령을 상의하여 정하였다. 그들이 손을 들고 나오기는 하지만 여전히 위험한 상대임에는 틀림없으니 너무 많은 인원을 잡아오려고 욕심을 부리지 말고 첫 번째 포로가 잡히면 그들이 몇 명이든 그들만을 데리고 놀다가 시간을 보낸 뒤에 적당한 시간이 되면 그들을 데리고 부대로 돌아오기로 우리 모두가 약속하였다. 그렇게 잡아온 포로의 인원수가 하루에 60여 명이었다. 뒤에 전해 들은 얘기지만 이곳에서 우리가 여러 날의 작전을 통하여 무척 많은 중공군 포로를 잡아온 덕분에 그 전공이 높이 평가되어 그 당시 우리 부대의 연대장과 함께 우리의 지휘관이었던 문창덕 중위는 화랑무공훈장을 받았다고 한다.

잡아온 많은 포로들을 한 곳에 모아놓자 그들은 불안한 듯 웅성거렸다. 그때 우리의 지휘관인 문창덕 중위가 그들 앞에 나서서 유창한 중국말로 일장 연설을 하자 포로들은 모두 안심한 듯 조용해졌다. 문 중위는 평안북도 신의주新義州 출신으로 해방 전에 학생운동에 가담했다가 자기 형과 함께 형제가 중국으로 도망쳐 우리 임시정부에 의탁하게 되었다 한다. 마침 우리 임시정부의 김구金九 선생께서 항일의 중추가 될 광복군光復軍을 제대로 조직하고자 하여 광복군의 지휘관인 장교들을 양성할 목적으로 중국국민당 정부에 청탁하여 장제스(蔣介石) 총통總統이 창설한 황포군관학교黃埔軍官學校에 20여 명

의 우리나라 청년들을 입학시켰다고 한다. 그때 문 중위
는 자기 형과 함께 입학하여 교육을 받았고, 군관학교를
졸업한 뒤 중국에서 장교로 복무하다가 해방이 되자 귀
국하여 국군에 복무하게 된 것이라 한다. 중국어를 자유
롭게 구사하여 중공군 포로들을 무마하는 문 중위의 모
습이 무척 존경스럽고 부러웠다.

　이로부터 우리 대원들은 매일 포로 잡아오기에 동원되
었다. 6월 3일에는 나도 포로 잡기에 나가서 포로들을
잡아왔다. 우리는 부대를 떠나 서너 명씩 조를 나누어 중
공군 낙오병들이 많이 숨어있다는 산 근처로 다가갔다.
다시 우리는 한 사람씩 떨어져 각자 약간의 거리를 두고
전진하고 있었는데, 내 앞에 네 명의 중공군이 손을 들고
나왔다. 네 명 중 한 명은 무기로 소총이 아니라 미국 서
부영화에서 많이 본 리볼버 권총을 갖고 있었다. 총알이
10여 개 있기에 처음으로 만져보는 리볼버 권총이라 시
험 삼아 한두 방 쏘아 보았더니 총알이 똑바로 나가지도
않는 것 같은 낡아빠진 성능이 형편없는 것이었다. 군대
무기로는 쓸데도 없는 이런 권총을 가지고 전쟁터로 나
온 중공군이 이상하다고 여겨졌다. 나는 우리의 약속대

로 다시 가서 중공군들을 더 잡으려 들지 않고 첫 번째 잡은 네 명만 데리고 조용한 곳으로 물러나와 함께 앉아서 놀다가 부대로 돌아가기로 하였다. 중공군들도 내가 무기만 빼앗고 편안한 곳으로 데리고 가 앉아서 내가 갖고 있던 건빵을 꺼내어 먹여주면서 쉬도록 하니 그들도 좋아하는 눈치였다.

오후 적당한 시기가 되어 다른 친구들과 함께 각자 잡은 포로들을 데리고 부대로 돌아왔다. 도착하여 내가 문 중위에게 장교 같은 포로를 한 명 잡아왔다고 보고하자 문 중위는 직접 나서서 그 중공군 장교를 쳐다보더니 "너 아무개 아니냐?"고 하면서 서로 알아보고 반기는 것이었다. 그 중공군 장교는 문 중위와 중국의 황포군관학교 동기생이라는 것이었다. 문 중위는 즉시 내가 갖고 온 그의 권총은 자신이 간수하면서 나보고 그 중국 장교를 개별적으로 일정 기간 잘 데리고 있어달라고 부탁하였다. 문 중위는 가능하면 그를 데리고 있다가 포로수용소로 보내지 않고 기회가 생기면 후방으로 빼주고 싶으니 기다리면서 기회를 엿보아야겠다는 것이었다. 나는 그날부터 문 중위의 부탁을 따라 그 중국 장교를 데리고 부대원들과 약간 떨어진 조용한 곳을 골라 작은 개인천막을 쳐놓고 둘이 지내면서 개별적인 생활을 하기 시작하였다. 나는 낮에는 적당한 곳으로 나와 몸을 숨기고 중공군 장교와 함께 매일 전방에 벌어지고 있는 전투구경이나 하며 지내기 시작한 것이다. 나는 참으로 운이 좋았다. 일선에 나가서도 직접 적을 상대로 싸우지는 않고 나처럼 전쟁 구경을 제대로 가까이에서 한 사람은 없으리라고 여겨진다. 다만 중국 친구가 지독히 몸 냄새를 피우면서도 세수조차 잘 하려 들지 않고 계속 음식이 제대로 그에게 맞지 않는 듯 배탈이 나서 설사를 하여 함께 지내는 것이 유쾌하지는 않았다. 골짜기 맑은 시냇물로 데리고 가서 몸을 좀 씻도록 해보았지만 몸을 제대로 씻으려 들지 않았고 또 씻을 줄도 모르는 사람만 같았다. 그와 지내면서 다만 말이 전혀 통하지 않는 사람도 함께 살아가는데 별로 불편하지 않다는 사실을 알았을 뿐이다. 그리고 매일 적에게 박격포와 총을 쏘고 공격하면서 정해진 일정한 전선까지 전진하는 전쟁을 구경하면서 인간이란 동물의 비정함과 무모함 및 야비함 등을 절실히 느꼈다. 나는 중국 장교와 며칠 동안이나 함께 지냈는지 확실히 알 수 없다. 다만 나는 그를 바라볼 때마다 왜 우리가 중공군과 싸우게 되었는지 이상하게 느껴졌다. 작은 한반도에 중국과 미국이라는 큰 나라 군대까지 와서 남한과 북한을 밀어주며 전쟁을 하게 된 우리나라의 처지가 암담하기만 하였다. 그리고 중국은 우리와 역사적으로나 지리적으로나 옛날부터 무척 밀접한 관계 아래 놓여있는 나라인데 지금은 남한을 공격하는 처지가 되어 있다. 그들이 여기 와서 전쟁을 하는 목적이 무엇인지, 심지어는 그 중국과 그 나라 사람들이 어떤 나라이고 어떤 민족인지 우리는 너무나 모르고 있다는 사실을 마음속으로 절감하게 되었다.

  문 중위는 여러 날을 기다려 보아도 결국 달리 어찌하는 수가 없다는 것을 알게 되자 한국군보다는 미군이 포로를 보다 잘 대우한다고 하면서 그를 바로 옆에 있는 미군들에게 넘겨주겠다고 하였다. 먼저 문 중위는 나를 미군들에게로 보내어 그가 갖고 있던 리볼버 권총을 미군들에게 기념품으로 팔아보라고 하였다. 나는 그 권총을 들고 미군들에게로 가서 이것은 중공군 장교가 갖고 있던 무기이니 전쟁 참여 기념품으로 사라고 권하였다. 여

94

러 미군들이 서로 자기가 사겠다고 하는 바람에 결국 나는 미군들에게 경매 방식으로 흥정하여 적지 않은 미국 돈을 받고 팔았다. 100불을 넘게 받아 문 중위에게 전달해 준 것으로 기억하고 있다. 그런 뒤에 다시 미군들에게로 나를 보내어 먼저 팔아넘긴 권총의 주인인 중공군 장교를 포로로 맡아달라고 교섭을 하도록 하였다. 나는 다시 미군들에게로 가서 중공군 장교 포로를 넘겨주는 일을 교섭한 뒤에 그들과 합의한 대로 중공군 장교를 데리고 가서 미군에게 넘겨주었다. 역시 미군들로부터 포로를 넘겨주는 대가를 미불로 받았는데, 얼마나 받았었는지 정확한 액수는 기억에 없다. 다만 이때도 적지 않은 액수의 미불을 받아 문 중위에게 전해준 것으로 기억하고 있다. 이 무렵 6월의 2일 3일을 전후하여 우리 부대가 머물렀던 곳은 자운리라는 동리이다.

우리를 '특공대'라고 호칭을 바꾼 뒤에 이 무렵에 와서 다시 생긴 큰 변화는 특공대에게 일선의 적의 후방까지 야간에 침투를 하여 적진을 수색하고 오라는 명령이 내려진 것이다. '특공대'라고 우리의 호칭을 바꾼 목적이 본시 여기에 있었음이 분명한 것 같다. 당시의 중공군은 소총도 지니지 못한 군인이 있을 정도로 무기가 형편 없었으나 걸핏하면 캄캄한 밤에 일정한 지역을 야간에 기습 포위하여 우리 편에 큰 손실을 입히고 있었다. 국군 지휘부에서는 적의 야간 기습을 당하고만 있을 수는 없으니 우리 쪽에서는 특공대를 이용하여 그들에게 야간 작전을 펴서 보복을 해보자고 생각했던 것 같다. 현역도 아닌 특공대 놈들 죽어봐야 별것 아니라고 생각했는지도 모른다. 특공대의 책임자인 문창덕 중위는 우리에게 내려진 그러한 명령을 받아 전달하면서 "특별한 훈련도 받지 않은 너희들이 어떻게 야간침투 같은 작전을 하느냐?"고 의아해 하였다. 그러나 상부명령이라 거역은 할 수 없는 일이어서 우리에게 알아서들 잘 해주기 바란다고 하면서 그 특수명령 작전을 지휘하였다. 우리 특공대는 2개 소대로 나누어져 거의 매일 밤에 번갈아가며 일정한 적의 후방까지 침투하여 적의 실정을 수색하고 돌아오는 야간 작전을 수행하게 된 것이다.

첫 번째 내려온 명령을 접하고 우리는 놀라서 작전지도를 펴놓고 우리의 임무수행을 위한 회의를 자발적으로 열었다. 모두들 이 명령대로 우리 몇 명이 밤중에 적의 전선을 뚫고 넘어갔다 온다는 것은 불가능한 일이며 명령대로 움직이다가는 첫 날에 모두 개죽음만 당하고 말 거라는 결론이었다. 따라서 적의 전선을 넘어가지는 말고 지형을 잘 살핀 다음 적의 진영 가까운 적당한 안전한 곳을 찾아가서 그곳을 거점으로 소란만을 피다가 돌아오기로 결정하였다. 한 장소에 가서 도전을 한 뒤에 또다른 안전한 지형을 이용하여 장소를 바꾸어 옮겨 다니며 도전하여 소란만 일으키고 시간을 끌다가 되돌아온다는 작전을 전개하기로 결정한 것이다. 캄캄한 밤이라 적도 우리를 정확하게 파악할 수가 없으니 우리에게 치명적인 타격을 가할 수는 없을 것이라고 판단하였다. 그리고 돌아와 보고할 침투작전 결과는 그때그때 적당히 꾸며대고, 명령대로 목적지에 도달하지 못한 이유도 적절히 둘러대자고 합의하였다. 적의 후방까지 침투하여야 할 우리 대원들은 간편한 전투복에 전투모를 착용하고 가벼운 신발(대부분 중공군에게서 나온 중국제 농구화)에 소총과 실탄 백여 발 및 수류탄 6개만을 몸에 지니고 출동하도록 상부로부터 명령이 하달되었다. 머리에 철모도 써서는 안 되고, 몸에는 소총과 살탄 및 수류탄

이외에 탄띠 같은 것도 더 이상 매지 못하게 하였다. 최고도로 간편하고 가벼운 전투병 차림이었다. 출동하기 전날 낮에 우리는 전투를 구경하면서 지형을 잘 살펴보고 그때그때의 지형에 따라 다시 서너 팀으로 나뉘어 안전하게 침투했다가 소란만 약간 피우고 돌아올 수 있는 작전을 짜 두었다. 따라서 그때 야간침투 수색을 하고 돌아와 상부에 올린 우리 특공대의 보고는 모두가 거짓말일 수밖에 없었다. 실은 우리 부대 본부에서도 밤중에 적의 진영을 흔들어놓기만 하여도 성공이라고 생각하고 내린 작전명령이었는지도 모른다. 우리가 그처럼 야간 침투활동을 제대로 이행하지 못하고 있는 것이 분명한데도 별다른 말이 없었다.

나는 다행히도 이때 내가 잡아온 문 중위 친구인 중국 장교를 돌보는 일을 맡고 있었기 때문에, 처음에는 그 특수작전에도 참여하지 않고 홀로 속 편히 잘 지내며 놀았다. 그러나 중공군 장교를 미군들에게 넘겨주고 나서, 나에게도 적 후방 침투 명령이 내려진 날 밤 작전에 딱 한 번 출격을 할 기회가 주어졌다. 다른 대원들은 이미 몇 번의 경험을 거친 뒤여서 비교적 쉽게 눈가림 작전에 임

하였다. 그러나 처음으로 그러한 작전에 나서는 나는 밤
중에 길도 없는 산속을 간다는 것 자체가 무척 힘든 일이
었다. 어떻든 내가 야간 침투 수색작전에 참여한 것이 우
리 특공대의 마지막 야간 작전이었다. 나는 친구들을 따
라 움직이면서도 깜깜한 밤중에 잡목이 우거진 산속을
헤치고 다니는 일이라 앞뒤도 제대로 가리지 못하고 숨
도 제대로 쉬지 못할 형편이었다. 나는 무조건 친구들의
움직임을 뒤따르며 정신없이 친구들을 따라 그들이 하
는 대로 행동한 것으로 기억하고 있다. 침투작전에 나선
우리 소대는 다시 5, 6명씩 2개 조로 나누어져 낮에 잘
보아둔 장소를 향해 국군이 지키는 일선을 넘어 캄캄한
밤에 잡목을 헤치며 적진 쪽으로 나아갔다. 나의 팀 목적
장소는 큰 바위가 앞을 가리는 안전한 지형 같은 느낌인
데 적의 전선이 무척 가까운 곳인 듯이 느껴졌다. 가끔
앞 쪽에 적의 움직임 같은 것이 감지되었다. 그때 중공군
병사 한 명이 대변을 보려고 참호를 나와 우리 쪽으로 가
까이 와서 일을 보는 것을 발견하기도 하였다. 한 친구가
그 병사를 향해 총을 겨누었으나 우리의 다른 동료가 쏘
지 말라고 하여 총을 쏘지 않았다. 우리는 쉬었다가 각자

안전하다고 생각되는 장소로 분산한 뒤 정해진 책임자의 지시에 따라 수류탄을 간간히 던지며 적이 있는 방향으로 총을 난사하였다. 즉시 그들은 우리에게 반격을 가해왔다. 우리는 장소를 옮겨가며 적은 하나도 구경 못하는 전쟁놀이를 하면서 각자가 지닌 여섯 개의 수류탄을 틈틈이 다 적의 방향으로 던져 터뜨리고 소총 실탄은 십여 발 가량만 남기고 모두 쏘아 없앤 다음 시간이 밤 3시무렵이 되었을 때 발을 돌리어 우리 부대로 돌아왔다. 캄캄한 밤에 잡목 우거진 길도 없는 산속을 걸어서 돌아온다는 것 자체가 무척 어려운 일이었다. 그리고 아군의 전선을 빠져 나갈 때보다도 아군 전선을 넘어 돌아올 때가더욱 조심스러웠다. 아군끼리 통하는 암호를 사용한다고는 하지만 혹시 알 수 없는 착오를 조심하지 않을 수가없었다. 캄캄한 밤에 알 수 없는 자들을 일선에서 상대하는 것이기 때문에 경우에 따라서는 일선의 병사들이 암호를 물어보기도 전에 총을 먼저 쏠 수도 있다고 생각되기 때문이다.

전선의 장병들은 매일 무수히 사상자가 나고 있는데도 우리 '특공대' 는 내내 한 사람의 희생도 없었다. 그러나

6월 6일 김운호라는 친구가 포탄에 부상당하여 후송되었다. 무얼 하다가 어떻게 얼마나 부상당한 것인지는 기억하지 못한다. 다만 작전 중에 당한 부상은 아니었던 것으로 알고 있다.

## 6월 8일

　다시 우리의 전선이 북쪽으로 전진하는 속도가 빨라졌다. 그러나 우리는 실전에 참여하지 않고 전쟁 구경만 하며 부대를 따라다녔다. 그런데 오늘따라 적의 포탄이 우리 진영에까지 날아와 떨어져 우리를 두려움에 떨게 하였다. 게다가 오후에는 비까지 부슬부슬 내리는데도 포탄을 피하기 위하여 비가 새는 진흙 호 속에서 몸을 떨면서 밤을 보내야만 하였다. 호 속에서 잠이 들었다가 아침에 깨어 일어나려 하니 온몸이 냉기에 마비되어 손발이 뜻대로 움직여지지 않았다. 먼저 움직일 수 있는 팔다리 일부분에 힘을 주어 조금씩 움직이며 다른 부분에까지 힘이 미치도록 하여 근근이 몸을 추스리면서 힘겹게 일어나 기동할 수가 있었다. 이러다가는 적군의 총에 맞아 쓰러지는 것이 아니라 내 몸에 고장이 생기어 쓰러지게 될 수도 있다는 생각이 들었다. 이처럼 아침에 깨어나서 온몸이 냉기로 마비되어 잘 움직일 수 없는 느낌을 받은 것은 나만의 일이 아니었을 것이다.

## 6월 9일

산속을 4km 이상 전진하였다. 10일에는 '중고개'라는 고개를 넘어 전진하였고, 11일에는 강원도 김화金化가 머지않다는 '말고개'까지 진출하였다. 여기서는 전방에 격전이 벌어지고 있는 것 같은 느낌이 들었다. 별로 전진도 못하고 우리는 말고개 중간의 낮은 언덕으로 물러나와 자리를 잡고 머물러 쉬었다. 그러나 지원사격을 하는 미군의 대형 야포의 포탄이 우리 근처에도 가끔 떨어져 우리를 무척 불안하게 하였다. 잘못하다가는 적의 포탄이 아니라 아군 포탄에 맞아 죽을지도 모르겠다는 생각까지 들었다. 우리는 전쟁을 하는 군인도 아니고 무엇을 하는 것이 우리 임무인지도 알 수가 없었다. 별로 하는 일도 없이 위험한 지경에 와 있다는 생각이 들었다. 여기서는 도망을 치는 수도 없다. 그렇다고 이대로 전선에 머물러 있을 수도 없다.

나는 견디다 못하여 지금의 소강상태가 이런 자리를 면할 수 있는 기회라 생각하고 책임자 문창덕 중위에게 찾아가 집으로 보내달라고 애원을 해보기로 하였다. 나는 문 중위에게 찾아가 나를 집으로 보내주지 않으면 잡혀 죽는 한이 있더라도 이 부대로부터 도망치겠노라고 억지를 부렸다. 심지어 우리 부대에서는 내가 포탄에 맞아 죽더라도 우리 집에 사망통지도 보내주지 않을 것 아니냐고 하며 대들기도 하였다. 우리의 지휘 책임자인 문창덕 중위와 나는 후방에 있을 적부터 특별한 개인적인 인연이 많아서 우리의 관계가 그런 생트집도 할 수가 있는 처지였던 것 같다. 우리가 강원도 석포리에 머물고 있을 적에 석포리로부터 상당히 먼 거리에 있는 고장에서 서울로부터 왔다는 멋진 낯선 아가씨를 한 명 만났다. 강원도 산골에서는 보기 드문 얌전하고 교양이 있어 보이는 아가씨였다. 그 여자는 길가에서 나를 보자 급히 달려와 내 소속 부대가 몇 사단, 몇 연대인가 묻는 것이었다. 내가 제2사단 17연대 소속이라고 대답하자, 그러면 혹시 당신 부대에서 문창덕이라는 장교를 만난 일이 없느냐고 묻는 것이었다. 내가 문창덕 중위와 아가씨는 어떤 관계냐고 되묻자 서울에서 두 사람이 만나 친하게 된 사이인데, 그의 부대가 경상북도 춘양에 머물고 있다는 소식을 듣고 그를 만나러 왔다가 물어물어 결국 그가 석포리에 주둔하고 있다는 말을 듣고 이곳까지 찾아오게 되었다는 것이다. 나는 아가씨의 언동에 매우 호감이 갔다. 나는 즉시 문 중위는 나의 직속상관인데 이곳으로부터 좀 떨어진 곳에 있다고 하면서 그 애인을 찾아온 아가씨 (뒤에 문 중위의 사모님이 됨)를 석포리에 머물고 있던 문 중위에게 친절히 안내해주어 두 분의 기쁜 만남을 이루도록 해준 일이 있다. 또 이미 밝혔듯이 그 무렵 아침에 혼자 산기슭으로 산책을 나갔다가 여자 공비를 한 사람 잡아와 문 중위를 놀라게 한 일도 있다. 그리고 일선에 나와서는 내가 문 중위와 중국의 황포군관학교 동창생인 중공군 장교를 포로로 잡았고, 문 중위의 부탁으로 일선에서 여러 날 그 포로를 남모르게 데리고 지냈다는 얘기도 앞에서 한 일이 있다. 그리고 문 중위 부탁으로 중공군 장교의 리볼버 권총을 미군에게 팔아주었고, 다시 그 포로를 미군과 흥정을 한 뒤 미군에게 넘겨주기도 하였다. 그리고 나는 연락병으로 다리가 불편하다는 핑계로 우리 특공대 본부를 주로 지키어 문 중위는 특공대를 지휘하면서 간단한 명령은 주로 나를 통해 대원들에게 하달하였다. 때문에 다른 어떤 대원들보다도 나는 늘 우리의 지휘관인 문 중위와 많은 접촉을 해왔다. 때문에 나는 문 중위에게 그처럼 떼를 쓸 수도 있었을 것이다. 여하튼 그때 문 중위는 내 대담한 부탁을 듣고는 나의 현재 실정을 진지하게 생각해 주는 것 같았다. 자기가 좋은 방법을 생각해볼 것이니 좀 참고 며칠만 더 기다려보라는 응답이었다.

## 6월 14일

다행히 문 중위는 내 요청을 받아들이어 나뿐만이 아니라 연락병 임무를 수행해온 나보다도 두세 살 나이가 적고 충북 제천 수산면이 고향인 김종렬 군도 함께 데리고 가라는 허락이 내려졌다. 이때 문 중위는 금년에 우리나라에 정식 육군사관학교가 생겼으니 집으로 돌아간 다음에는 반드시 사관학교에 지원하여 입학할 것을 먼저 약속하라는 요구를 나에게 하였다. 우리나라에서 가장 크고 중요하고 힘 있는 집단이 군대인데 지금 우리 군대는 네가 보다시피 제 구실을 제대로 못하고 있다. 군이 바로 서야 나라가 바로 설 것이라는 것이다. 그러니 후방

으로 나가게 되면 반드시 육군사관학교에 진학하여 앞
으로 국군을 올바로 이끌 훌륭한 장교가 되어달라고 간
곡한 부탁을 하는 것이었다. 나는 문 중위에게 즉석에서
육군사관학교에 가겠노라고 굳게 약속을 하였다. 그리
고 나서 문 중위는 나에게 김종렬 군을 데리고 다른 부대
원들 눈에 잘 뜨이지 않는 곳에 떨어져 지내면서 자기 지
시를 기다리라고 하였다. 나는 즉시 김종렬 군을 불러 문
중위의 뜻을 전달하고 나와 둘이서 되도록 다른 대원들
과는 떨어져 지내기 시작하였다.

　하루 이틀 뒤 한밤중에 문 중위는 우리 둘을 불러내어
저 모퉁이를 돌아가면 보급을 싣고 온 육군 스리쿼터가
있을 것이니 슬며시 그곳으로 가서 그 차에 올라타라는
지시를 내렸다. 그리고 나와 김 군에게 이전에 압수해 두
었던 우리 신분증과 함께 자신이 만들었다는 출장명령
서를 한 장씩 쥐어주었다. 우리 두 명이 슬금슬금 문 중
위가 알려준 곳으로 가보니 정말로 육군 스리쿼터가 한
대 서 있었다. 우리 둘은 그 차 뒤로 다가가서 물어보지
도 않고 올라탔다. 우리가 차 짐칸에 올라타자 운전자는
너희들이 김 아무개 아무개냐고 물어보기만 하고 대답

도 제대로 하기 전에 자동차에 발동을 걸고 출발하였다.

나와 김 군은 그 스리쿼터를 타고 연대본부(사단본부?)로 가서 하룻밤을 지낸 뒤 다시 6월 15일에는 스리쿼터 운전병의 안내로 서울로 간다는 군용트럭 뒤에 올라타게 되었다. 그 군용트럭은 한참을 달려 처참하게 부서져 있는 서울 시내로 들어섰다. 나로서는 생전에 처음으로 구경하는 서울 거리였다. 그 트럭은 동대문을 거쳐 서울로 들어갔는데, 길 양편 집들은 모두 부서지고 사람 하나 없는 종로 거리는 비행장처럼 넓게 느껴졌다. 우리를 태워준 트럭 운전병은 자기는 서대문 밖으로 가야 하니 당신들은 적당한 곳에서 내려야 한다고 하면서 우리를 화신백화점 네거리 근처에 내려주었다. 트럭에서 내린 나와 김종렬 군은 다시 그곳에서부터 방향을 잡아 남쪽 용산 방향으로 터벅터벅 걸어갔다. 가끔 넓은 길에 군용 트럭이 지나가면 우리는 그 차를 세워보려고 길가로 다가가 손을 들었으나 모두 거들떠보지도 않고 쏜살같이 그대로 달려 지나갔다. 용산 못 미쳐 갔을 즈음에 날이 어두워지자 우리는 주인이 없는 어느 길가 집의 문간방에 들어가 하룻밤을 지내며 갖고 있던 건빵으로 식사에 대신하였다. 우리는 그 집에 들어가 문을 두드리며 안쪽을 향하여 "누가 계십니까?" 하고 소리쳐 보았으나 아무런 응답도 없었다. 그런 다음에는 혹 그 집 안쪽에 주인이 있었다 하더라도 우리의 동태를 전혀 알아채기가 어려울 정도로 우리는 조용히 움직이며 그 집 문간방에서 하룻밤을 묵었다. 그리고 아침에는 그 집의 안으로 들어가 그 집이 어떤 구조인가, 또 어떤 사람이 어떻게 살던 집인가 살펴보지도 않고 그 집을 조용히 나와서 한강쪽으로 걸어갔다.

## 6월 16일

아침에 일찍 일어나 길을 나서서 우리 두 사람은 남쪽으로 걸어갔다. 한참 뒤 마침 저 앞쪽에 군 트럭 한 대가 서더니 운전사가 차에서 내려 길가에 서서 소변을 보는 것을 발견하였다. 우리는 급히 뛰어가서 운전병에게 사정을 얘기하고 우리를 어디든 좋으니 한강을 건너 남쪽으로 데려가 달라고 요청하였다. 다행히도 그 운전병은 우리를 차에 태워주었고, 운이 좋아서 그 차는 나의 고향 충주로부터 그다지 멀지 않은 경기도 여주驪州까지 가는 트럭이었다. 여주에 도착하니 이미 집에 다온 것 같은 기분이 들었다. 나는 김종렬 군과 함께 우리를 데려다 준 운전병에게 고맙다고 인사를 한 뒤 바로 부지런히 걸어 그날로 무사히 충주의 우리 집에 도착하였다. 우리 집에서는 무사히 종군을 하고 돌아온 나와 함께 김 군을 기쁘게 맞아 주었다. 그리고 김 군은 우리 집에서 하룻밤을 보낸 뒤 다음날 자기 집이 있는 제천군 수산면을 향하여 떠나갔다.

우리 집에서 나의 귀가를 무척 반긴 것은 말할 것도 없지만 동리 사람들도 내가 돌아왔다는 소식을 듣는 대로 달려와 무사 귀환을 축하해 주었다. 다만 나의 귀가 소식을 듣고 달려온 김영근 군의 어머니는 "미련한 영근이란 놈은 잘 있는지 모르겠다! 왜 함께 집으로 돌아오지 못하느냐?"고 하면서 통곡을 하였다. 나는 김 군이 우리 부대로부터 나보다 먼저 도망쳐서 내가 있던 부대보다도 지내기가 더 좋은 H.I.D.라는 정보부대로 간 일, 그리고 뒤의 어느 날 길가에서 H.I.D. 대원으로 활동하고 있는 그를 만났던 일 등을 자세히 얘기해주면서, 그는 내가 있던 부대보다도 좋은 부대에서 건강히 잘 지내고 있으니 조금도 걱정 말라고 그의 어머니를 위로해 드렸다. 그러나 김 군의 어머니는 내 말은 흘려들으면서 울음을 좀체로 그치지 않았다.

내가 귀가한 뒤 여러 날 뒤에 군번이 없는 우리 특공대 대원들은 모두 정식으로 귀가 조치되었다. 얼마 뒤 충주 시내에 나갔다가 집으로 돌아와 시계방을 다시 차린 김태영 군을 만나 그러한 소식을 알게 되었다. 그리고 뒤에는 제천 수산면 출신으로 함께 복무하였던 동료도 두어 명 만났다. 아마도 나를 귀가시키면서 문창덕 중위가 상부에 특공대의 해산을 요청하여 정식으로 상부의 허락이 내려졌던 것 같다. 우리 종군자들 20여 명은 그처럼 험난한 여건 속에서도 오직 한 사람의 희생자는 있었으나 나머지 모든 사람들이 무사했던 것은 매우 다행한 일이라고 여겨진다. 함께 유격대에 참여했다가 이탈하여 H.I.D. 대원이 되었던 김영근 군도 한두 달 정도 뒤에 무사히 집으로 돌아와 무척 걱정하던 그의 부모님들을 안심시켜 드렸다.

나는 종군을 하면서 처음 몇 달은 주로 공비토벌 작전에 참여했는데 실제로 나는 작전 중에 토벌할 공비를 한 명도 만난 일이 없다. 그렇지만 강원도에 가까운 경상북도 석포 근처에서 아침 산책을 나갔다가 여자 공비를 한 명 잡은 일이 있다. 뒤에 일선에 나가서도 한 번도 적군에게 총을 쏘며 전투를 해볼 기회도 없었으나 중공군 포로를 장교 한 명을 포함하여 네 명이나 잡은 일이 있다. 참 운이 좋은 종군이었다고 생각한다. 정식으로 적을 상대로 총은 한 방도 쏘아보지 못하였는데, 포로는 모두 합쳐 다섯 명이나 잡는 전과를 올린 것이다. 적을 직접 공격하거나 방어하는 전투는 해보지 못하였지만 그래도 전쟁에 참여하여 공은 세운 셈이라고 자위하게 된다.

어떻든 나의 이 짧은 기간 동안의 종군은 그 뒤의 내 인생의 향방에 결정적인 영향을 끼치게 된다. 다음에는 군대를 벗어나 집으로 돌아온 뒤 종군의 영향을 받아 엉뚱한 방향으로 발전한 나의 행적을 간단히 소개하겠다.

## 제3화

# 종군 뒤의 고등학교 생활

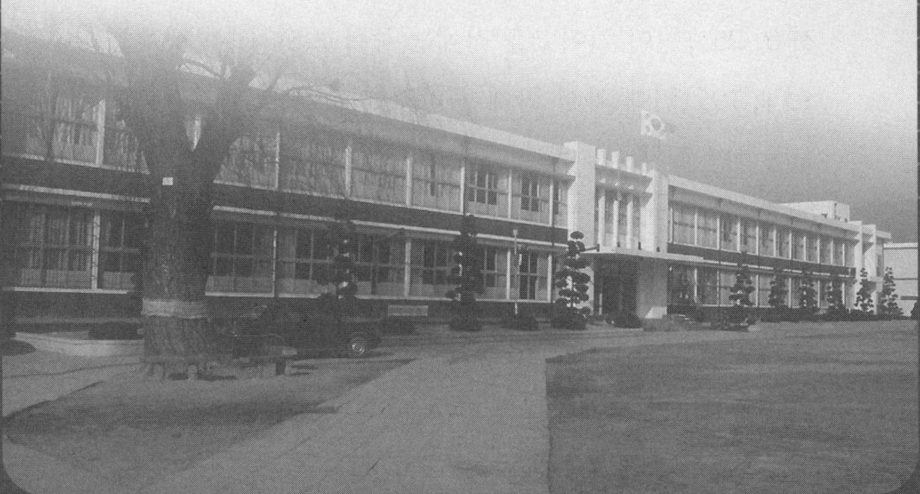

# 1951년 6월 28일
## 충주농업고등학교 3학년 학생으로 등록함

집으로 돌아온 뒤 6월 28일에 나는 다시 전에 재학하던 충주농업고등학교 3학년 학생으로 등록을 하였다. 본시 6·25사변이 일어났을 적에는 중학교 5학년 학생이었으나, 1951년에 와서 학제가 바뀌어져 나는 농업고등학교 3학년 학생으로 등록하게 되었던 것이다. 나의 세대는 학교를 다녔다 하더라도 어렵고 변화 많은 사회 여건과 학교 제도의 변화 등으로 공부는 거의 못하고 억지로 학력만 쌓아올린 사람들이다. 소학교 시절에는 일본의

충주농업고등학교

식민지 지배 아래 제2차 세계대전을 전후하여 일본 말을 쓰면서 일본의 제국주의 교육을 받았다. 1940년 일정시대에 나는 소학교에 들어갔는데, 바로 다음 해에 세계대전이 일어나 일본 제국주의자들은 자기네가 일으킨 전쟁을 밀고 가기 위한 전시교육을 강요하면서 방공훈련이나 솔뿌리 캐기 같은 일이나 시키면서 공부도 제대로 가르쳐 주지 않았다. 1945년 우리가 5학년으로 재학하던 해에야 전쟁이 끝나서 그런 교육을 면하였다. 솔뿌리는 모아서 그 기름을 짜 일본 군용 전투기의 운행용 기름으로 쓰기 위한 것이라 하였다. 소학생들에게 강요하여 소나무 뿌리를 캐어오도록 해가지고 그것을 모아 기름을 짜서 그 기름으로 전투기를 날리어 막강한 미국 군대와 전쟁을 한 일본 제국주의의 무모함이 드러나는 대목이다. 일본이 전쟁에 패하여 우리나라가 해방을 맞이하자 학교 제도도 개혁되어 3월 달에 새 학년으로 바꾸어지던 학기제도가 9월 달로 변하였고, 갑자기 일본 말로 하던 교육을 우리말로 하게 되었다. 그러나 우리 나름대로의 교육제도나 과정이 전혀 정비되어 있지 않아 여러 면으로 혼란이 심하였다. 한글도 사람마다 제각기 다른 방법으로 익히었다. 처음에는 제대로 엮어진 교과서조차도 구경하기 힘들었다. 학교 명칭도 소학교에서 초등학교를 오락가락하였다. 그런대로 때가 되어 1946년 9월에 소학교를 마치고 농업중학교에 진학하였다. 그때의 중학교는 5년제였다. 중학교에 들어가서는 중학교 일학년 학생으로서는 실제로 무엇인지도 잘 알지 못하는 '국대안國大案 반대' 등의 구호 아래 좌익 쪽으로 기울어진 선배 학생들의 선동을 받아 공부는 하지 않고 선배들이 시키는 대로 따라서 데모와 동맹휴학 등을 함께 하면서 노는 재미로 세월만 허송하였다. 그렇게 지내다가 1950년 중학교 5학년 때 6.25 사변을 만났다. 사변 기간에는 위에 쓴 수기手記의 내용처럼 나는 정신도 올바로 차리지 못하고 지옥 같은 세월을 보냈고, 그 뒤에는 몇 달도 되지 않는 기간이었지만 군번도 없는 종군도 하였다. 그처럼 공부는 전혀 손도 대지 못하였지만 그러한 동란 중에 학제는 사변 중인 1951년에 갑자기 바꾸어져 중학교 3년과 고등학교 3년으로 나누어졌다. 때문에 나는 종군을 마치고 고향으로 돌아와 충주농업고등학교 3학년 학생으로 다시 등록하여 1952년에 농업고등학교 3학년을 졸업하게 된다. 학기제도도 다시 3월 달이 학년의 시작으로 되돌아왔다. 우리 역사상 가장 변화가 막심한 시국을 살아온 세대라고 여겨진다. 혼란 중에 공부는 않고 학교만 졸업하는 학력을 쌓았던 것이다.

  1951년 몇 달 동안의 종군을 끝내고 학교에 나가보니 한 학년 세 반이던 학생들은 한 반으로 줄어 있었다. 군에 간 학생들도 있었지만 난리 통에 다른 곳으로 간 학생도 있고 죽어버린 학생도 있었기 때문이다. 나와 친하였고 특히 축구를 잘하여 유명하였던 위성용 군도 죽었다는 소문이었다. 나는 일선에서 집으로 돌아오면서 나를 보내준 문창덕 중위와 앞으로 육군사관학교에 진학할 것을 굳게 약속하고 왔기 때문에 나의 진로는 내 마음속에 '육사'라고 흔들림 없이 굳게 박혀 있었다. 우리 집도 나를 대학에 보낼 형편이 못되었기 때문에 나의 육사 진학을 막을 사람은 아무도 없다고 믿고 있었다. 따라서 농업고등학교의 실업 교육에는 전혀 관심이 없었다. 다른 과목도 학교에 열심히 나가 공부할 정도로 잘 가르쳐 주는 선생님이 없다고 생각하고 있었다. 국어·영어·역사 같은 과목도 나는 나 자신이 육군사관학교에 들어가기에 문제가 없는 실력이라 믿었고, 그리고 그 학교의 선생님들은 모두 내가 배울만한 학과목의 실력을 갖고 있지 않다는 오만한 생각을 갖고 있었다. 혹 학과 시간에 출석을 하면 선생님이 대답하기 곤란한 질문만을 골라 하는지라 선생님들도 내가 학과 시간에 나오지 않기를 바랐던 것도 같다. 때문에 나는 홀로 육사 진학을 할 수 있도록 필요한 과목들을 자습하면서 학교에는 거의 나가지도 않고 선생님도 안중에 없이 멋대로 행동하는 극히 불량한 학생이 되어 있었다. 그러나 내 목표는 뚜렷했음으로 학교에서의 나의 행동은 크게 빗나가 있었지만 내 신념에는 흔들림이 없어 내 생활에는 동요나 잘못 되는 일이 별로 없었다. 어떻든 학교 학생으로서는 어떤 선생님도 안중에는 전혀 없는 그런 대표적인 불량학생이었다.

그런데 공교롭게도 서울대학교 공과대학 출신의 신현묵 선생님이 서울에서는 대학 교수를 하시다가 고향 충주로 피란을 내려오셔서 우리 농업고등학교 3학년 담임을 맡으시고 수학을 가르치셨다. 신 선생님은 뒤에 성균관대학교 부총장을 역임하시다가 정년퇴직한 우리나라 토목공학계의 권위이시다. 당시 충주농업학교 학생들은 수학은 전혀 모를 뿐만이 아니라 또 관심도 없고 모두가 싫어하는 과목이었다. 그러나 선생님께서는 어찌나 열심히 수업을 하시는지 나는 나도 모르게 선생님의 열의에 이끌리기 시작하였다. 그 결과 내 자신이 전혀 쓸 곳도 없다고 생각되는 수학 공부만을 열심히 하기 시작하였다. 육군사관학교는 수학을 그렇게 잘하지 못해도 합격할 수 있을 것이라고 굳게 믿고 있었는데도 수학 공부를 열심히 하게 된 것이다. 선생님은 몇 개월 되지 않는 사이에 학생들이야 따라오든 말든 대수와 기하에서 시작하여 미분 적분에 이르기까지 고등학교 1학년으로부터 3학년에 이르는 수학 전 과정을 열의를 다하여 가르치셨다. 나는 다른 과목 수업시간에는 교실에 잘 들어가지도 않는 지독한 불량학생이었는데, 수학만은 예습 복습까지도 열심히 하며 선생님이 가르치시는 전 과정을 다 쫓아갔다. 영어나 국어 같은 과목 공부는 오히려 나 홀로 자습하는 것이 학교 시간에 수업을 받는 것보다 더 능률적이라 생각하고 있었고, 농업에 관한 과목 같은 것에는 전혀 관심도 갖지 않고 있었기에 다른 선생님 수업에는 거의 출석하지도 않는 형편이었다. 그런데 신 선생님의 열의에 이끌리어 수학 시간에는 착실히 나가면서 수학 공부만은 열심히 하기 시작한 것이다. 아무런 쓸 곳도 없다고 생각하던 수학 과목인데도 그 공부에 몰두하고 보니 수학 공부 자체가 무척 재미있었다. 수학 공부를 하면서 마치 내 자신이 새로운 진리와 새로운 세계를 개척하고 있는 과학자 같은 착각까지 들었다. 수학이 재미있을 뿐만이 아니라 뜻있는 것으로도 여겨졌다. 선생님의 강의로 부족한 부분은 참고서를 이용하여 내 스스로 해결하기도 하였다. 나에게는 전혀 쓸 곳이 없다고 생각되는 수학 공부에 빠져버린 것이다. 나도 이렇게 되는 내 자신을 이해하는 수도 없었고, 또 어떻게 하는 수도 없었다.

때문에 충주농업고등학교 3학년 과정에서 수업을 받은 선생님들 중에 지금까지 내가 기억하고 있는 학과목 담당 선생님은 오직 수학을 가르치신 신현묵 선생님 한 분뿐일 정도이다. 그것은 제대로 출석해서 수업을 받은 과목이 수학 한 과목뿐임을 뜻하기도 한다. 또 하나 나는 신 선생님의 수학 수업을 통해서 깨달은 인생의 교훈이 한 가지 있다. '무슨 일이든 뜻을 가지고 성심을 다하여 열심히 하기만 하면 자기 주위의 다른 사람들도 그를 따라오게 된다.' 는 가르침이다. 이것은 이후로 내가 평생을 두고 지키려 애쓰고 있는 나의 생활지침이 되었다. 신 선생님은 나에게 수학만을 가르쳐 준 것이 아니라 나의 세상을 올바로 열심히 살아가는 방법까지도 가르쳐 주신 은사라고 할 수가 있다. 이로부터 나는 내가 세운 목표와 하는 일을 위하여 상당히 성의와 노력을 다하는 인간으로 발전하였다고 내 스스로 생각하고 있다. 신 선생님은 진정한 나의 은사시다. 신 선생님이 계셨기에 나는 그래도 사람답게 살아갈 수 있게 되었다고 믿고 있다.

# 제4화

# 대학 생활, 군복무, 타이완 유학

# 1952년 2월
# 서울대학교에 입학하다

　　1951년 말엽이라 기억되는데 정식 육군사관학교 생도 모집 광고가 났다. 그 해에는 사관학교 입학시험 장소가 경상남도 진해였던 것으로 기억하고 있다. 그 시절은 전쟁 중이라 일정하게 운행되는 기차고 버스고 어떤 교통편도 없어서 내 고향인 충주로부터 전혀 가보지도 않은 먼 남쪽의 진해까지 나 혼자 어떻게 가야 하는지 아는 수가 없었다. 그리고 우리 집에서는 육군사관학교 시험을 보러 가겠다고 말하여도 최소한의 여비도 마련해주려고

1953년 동숭동 서울대학교 문리과대학 교정

하지 않았다. 이에 사관학교 시험은 다음 해에 보기로 미루는 수밖에 없었다. 그런데 우리 동리의 윤채영 군과 박승국 군의 두 명의 친구가 자기들은 떨어질 것이 분명하지만 시험 삼아 서울대학교 농과대학의 입학시험을 보려고 한다면서 내게 놀러 가는 것을 겸하여 함께 수원으로 가서 서울대학 입학시험을 보자고 권하여왔다. 나는 그들의 권유를 따라 내 학과 실력도 시험해볼 겸 가장 경쟁이 치열하다는 서울대학교 문리과대학 정치학과에 원서를 내고 그 친구들과 함께 서울대 입학시험을 보러 갔다. 입학시험 원서에 도장을 찍어주던 담임이신 신현묵 선생님은 내게 공과대학 시험을 보라고 열심히 권하셨으나 나는 장래에 정치가가 되는 것이 꿈이라고 거짓으로 우기면서 정치과 시험 원서에 선생님 서명을 받았다. 시험 장소는 수원 농과대학이었다. 나는 시험을 보기는 하였지만 내 학과 실력으로는 합격하리라고 생각하지도 않았고 서울대 입학은 꿈도 꾸지 않았다. 때문에 나는 입학시험을 보고 집으로 돌아온 뒤에도 자신의 합격 여부를 알아볼 생각은 전혀 하지 않고 놀며 지냈다. 그러나 얼마 뒤에 내가 서울대 중국어문학과에 합격하였다는 소문이 들려왔다. 본시 틀림없이 시험에 떨어질 것을 예상하고 문리과대학 정치학과를 제1지망으로 하고, 중국어문학과를 제2지망으로 했었다. 종군을 할 적에 우리의 지휘관이 중국의 황포군관학교 출신의 중국어에 능통한 문창덕 중위였고, 일선에서는 중공군을 상대로 하는 전투에 참여하였다. 그리고 일선에서 내가 우연히 포로로 잡은 중공군 장교와 여러 날을 둘이서 함께 지내면서 직접 중국인과의 생활을 체험하였다. 이때 내 자신이 절감한 것은, 우리 옆의 중국이라는 큰 나라는 역사적으로나

130

문화적으로나 모든 면에서 우리에게 막대한 영향을 끼쳤고 지금은 우리나라를 없애려고 전쟁까지 하고 있는데 우리는 중국에 대하여 너무나 모르고 있다는 사실이었다. 때문에 앞으로 군인이 되거나 어떤 직업을 갖게 되더라도 나는 되도록 중국에 관한 것을 많이 공부하여 우리나라 사람들의 중국에 대한 관심을 깨우쳐주어야 한다고 생각하게 되었다. 따라서 장난삼아 보는 시험이었지만 서울대 제2지망은 중국과 관련된 학과를 선택하였던 것이다. 이것이 내 자신은 꿈도 꾸어보지 않은 방향으로 나의 운명을 바꾸어 놓는 계기가 된다. 나는 서울대 입학시험을 보기 이전에는 우리나라 대학에 중국어문학과라는 학과가 있다는 사실조차도 모르고 있었다.

서울대 합격은 전혀 뜻밖이었다. 나는 뒤늦게 한 친구가 갖고 있는 서울대학 대학신문에 난 합격자 명단을 보고 서울대 중국어문학과 합격을 확인하였으나 서울대학에 등록할 생각은 전혀 없었다. 내 자신의 진로는 육군사관학교로 잡혀 있었고, 집안 형편도 내가 대학에 진학할 사정이 못되었기 때문이다. 그러나 내가 서울대 입학시험에 합격하였다는 사실만으로도 우리 온 가족은 주변

사람들로부터 대단한 축하 인사를 받았다. 아버지도 체
면상 주변의 이러한 축하 분위기를 거역할 수가 없었던
것 같다. 나의 서울대 합격을 확인하시고는 입학금과 필
요한 돈을 마련하여 갖고 오셔서 내 손에 들려주면서 바
로 가서 대학에 등록하라는 것이었다. 나는 집안 경제사
정도 좋지 않으니 서울대는 포기하고 내년에 육군사관
학교에 가겠다고 고집을 부려 보았지만 아버지에게 크
게 꾸지람만 들었다. 나는 일선에서 후방으로 나오면서

1952년 부산 동대신동의 서울대학교 문리과대학 바라크 교사의 일부

132

지휘관과 사관학교로 진학하겠다는 약속을 하고 왔다고
버티어 보았으나, 아버지는 네가 더구나 싸우면서 사람
을 죽여야 하는 군인이 되려고 하는 것은 절대로 허락할
수 없는 일이라고 하시며 단호히 서울대 등록을 명하셨
다. 아버지는 합격을 축하해주는 남들에 대한 체면 때문
에도 나의 서울대 합격을 모른 체 하실 수가 없었던 것
같다. 나는 아버지의 엄명을 더 이상 거역하는 수가 없었
다.

결국 1952년 2월 하순 부산 동대신동에 피란 가 있던
허술한 서울대학교 가교사로 가서 문리과대학 중국어문
학과 학생으로 등록을 하였다. 뒤에 곰곰이 따져보니 내
가 서울대에 합격한 것은 순전히 수학 점수 때문일 것 같
았다. 수학은 한 문제도 못 푼 것이 없었으니 거의 100점
에 가까운 점수를 받았을 것이다. 그러니 내가 서울대 입
학시험에 합격한 것은 순전히 수학을 가르쳐주신 신현
묵 선생님 덕분이다. 중국문학과를 선택한 것은 단순히
짧은 종군 기간에 중공군을 접하면서 우리나라와 중국
은 뗄래야 뗄 수가 없는 매우 밀접하고 특수한 관계임을
절감하였기 때문이다. 우리는 이웃의 큰 나라 중국에 대

하여 너무나 모르고 있다고 생각하였기 때문이다. 그때 전국 대학 중의 중국 관련 학과는 내가 입학한 서울대 중문과 한 곳 뿐이라는 것도 서울대에 입학한 다음에야 안 사실이다. 나는 만약에 앞으로 공부를 할 수만 있게 된다면 중국에 관한 공부를 한 다음 중국에 관한 여러 가지 사실을 온 나라 사람들에게 알려주는 일을 하게 되면 좋겠다는 꿈도 꾸고 있었다. 곧 중국을 전문으로 하는 신문기자 같은 언론인이 되었으면 하는 것이 나의 꿈이었다. 우연히 대학의 입학시험을 보고 뜻밖에 시험에 합격하여 등록한 학과가 서울대 문리과대학 중국어문학과였다는 것은 그러한 나의 꿈도 작용한 덕분이었다고 생각하고 있다. 어떻든 나는 육군사관학교 진학을 꿈꾸고 있으면서도 아버지의 강요로 말미암아 일단 서울대학에 등록하여 대학생이 된 것이다.

# 1952년 3월 이후
## 대학을 수학하고 다시 군복무를 함

내가 서울대 중문학과에 등록하였을 때 학과의 교수는 조교수였던 차상원車相轅 선생님 한 분뿐이고 재학생도 몇 명 되지 않았다. 6·25사변 이전에 중문과 교수로 계시던 김구경金九經 선생님과 이명선李明善 선생님 등은 동족상잔同族相殘의 사변에 휩쓸리어 모두 희생 당하고 계시지 않았다. 서울대 중문과에 입학하여 차상원 선생님을 자주 뵙고 특히 많은 선배들과 어울리게 되면서 그분들 영향으로 내 생각에 많은 변화가 일어났다. 차상원

차상원 교수님

선생님은 약주를 좋아 하시어 부산에 있던 졸 업생 선배들과 자주 어 울리어 모임을 가졌는 데, 선생님은 늘 그 자 리에 신입생들도 데리 고 갔다. 나는 학교의 강의 시간보다도 선생 님과 이 선배들의 모 임 자리에서 선배들로 부터 더 많은 것을 듣고 배웠다. 무엇보다도 큰 문제는 지금의 전쟁은 우리 민족으로서는 해서는 안 될 동족상 잔의 전쟁이라는 것을 깨닫게 된 것이다. 그리고 선배들 을 통하여 지성의 소중한 가치를 조금씩 확인하면서 사 관학교 진학을 나 자신이 포기하게 되었다. 그리고 1953 년 봄, 학교가 서울로 다시 올라온 뒤로부터는 빠짐없이 매일 학교에 나가서 중국어에서부터 시작하여 중국에 관한 공부를 스스로 열심히 하기 시작하였다. 운이 좋아 서 서울로 올라가서는 아르바이트로 공부하는 데 부족한 학비와 숙비 등을 모두 충당할 수가 있었다.

1956년에 대학을 졸업하고는 공부에 더 욕심이 생기어 서울대학교 대학원에 진학하였다. 그러나 2학년이 되었을 적에 좀 더 착실히 공부하고 대학원 석사과정을 마치려고 등록을 뒤로 미루었다. 다음 해에 다시 등록을 하고 석사과정을 마치려는 계획이었는데, 뜻밖에도 그전에 징집 영장이 나와 1958년 1월 8일 군에 입대하게 되었다. 그리하여 논산 신병훈련소를 거친 다음 대구에 있던 육군부관학교로 가서 신병훈련과 교육을 마치고 육군 부대에 배치되어 정식 군 복무를 다시 하게 되었다. 뜻밖에 갑자기 징집되어 군대생활을 하게 된 것이라서 3년의 군대 생활을 마치고 나와서는 내가 무엇을 할 수 있을까 앞날이 캄캄하게 느껴졌다. 내가 배치된 군부대는 서울 근교의 퇴계원에 자리 잡고 있던 육군 제2병참단 본부였다.

육군 이등병의 신분으로 봄에 서울로 휴가를 나왔다가 우연히 길거리에 나붙은 한 장의 광고가 나의 눈길을 사로잡았다. 타이완(臺灣)의 중화민국中華民國 정부로부터 우리 정부에 국비장학생으로 대우해줄 것이니 4명의 한

1958년 논산 신병훈련소에서 충주 출신 동료와 함께

국 학생을 보내달라는 요청을 하여와 우리 문교부에서
는 중화민국으로 보낼 4명의 학생을 선발하기 위하여 공
개적으로 시험을 시행하겠으니 뜻있는 사람은 응시해달
라는 내용이었다. 시험 과목은 중국어와 국사 및 시사時
事의 세 과목이었다. 마침 날짜와 시간이 들어맞아 나는
그 시험에 응시하였는데 운이 좋아 일등으로 합격하였

다. 문교부에서는 합격자들을 불러 당시 문교부의 김선기 차관이 면담을 하셨는데, 나에게는 선발시험 성적이 놀라울 정도로 뛰어나다면서 앞으로 유학 중에 어려운 일이 생길 적에 직접 연락을 하면 문교부에서 적극적으로 도와주겠노라고 분에 넘치는 격려까지 해주었다. 그 시절에는 외국 유학이 결정된 사람은 병역복무를 1년만 하면 되도록 규정되어 있었다. 그 덕분에 나는 1959년 1월 8일 만 1년 되는 날 귀휴특명歸休特命이 내려와 군복을 벗었다. 그리고는 바로 타이완 유학을 준비하며 출국 수속도 진행하였다. 1년 만에 군복을 벗고 나니 다행스럽게도 다시 나의 나아갈 길이 뚜렷이 보이기 시작하였다.

# 1959년 2월
# 대만대학 유학 및 그 후

   나는 군복을 벗게 되자 바로 출국 수속에 착수하여 그
해 2월에는 서울 여의도에 있던 국제비행장에서 친족과
친구들의 전송을 받으며 미국적 여객기를 타고 일본 도
쿄(東京)를 거쳐 타이완으로 날아갔다. 그리고 국립대만
대학國立臺灣大學 문학원文學院 국문연구소國文研究所에
등록하였다. 당시 타이완에서는 대학원을 연구소라 부
르고 있었다. 서울대학 대학원에서 공부하다가 뜻하지
않게 영장을 받고 논산 신병훈련소로 갈 적에는 앞길이

국립대만대학 정문

막막하였으나 신병훈련을 받고 이등병으로 군에 복무하
면서 타이완 유학의 기회가 주어져 다시 내 자신의 나갈
길이 훤히 트이기 시작했던 것이다. 더욱 본격적으로 중
국문학을 공부할 수 있는 기회가 주어진 것이다.

　그때 타이완의 국민당國民黨 장제스(蔣介石) 총통總統
은 대륙에서 밀리어 이 작은 섬으로 건너오면서 자기네
국학國學과 관련이 있는 저명한 학자들을 다 모시고 와
서 국립대만대학의 중국 관계 학과에는 세계적인 석학碩

대만대학 정문 안 정원

學들이 다 모여 있었다. 곧 대만대학이 갑자기 중국학 각 분야의 세계적인 본산으로 발돋움한 것이다. 내가 강의를 듣고 지도를 받은 교수들은 모두가 대륙의 북경대학 北京大學을 비롯한 일류대학에 계시다가 타이완으로 건너온 중국문학 각 분야의 세계 최고의 학자들이었다. 나는 그러한 중국문학 여러 분야의 훌륭한 스승님들을 모시고 공부하게 된 것이다. 그분들은 학문에 있어서 뿐만이 아니라 개인적인 몸가짐이나 생활 풍도風度에 있어서도 나의 숭앙崇仰의 대상이 되었다. 내가 강의를 들은 선생님들은 다이쥔런(戴君仁, 1900-1978)·타이징눙(臺靜農, 1902-1990)·정첸(鄭騫. 1906-1991)·취완리(屈萬里, 1907-1979)·왕슈민(王叔岷, 1914-2008)의 다섯 분이시다. 나는 이 선생님들을 내 마음속으로 살아계신 성인聖人이라고 받들어 모시게 되었다. 때문에 나는 공부를 하는 데 있어서 뿐만이 아니라 개인생활에 있어서까지도 되도록 모두 그분들을 본뜨고 따라가려고 노력하였다. 그러니 결국 그때부터 나는 그분들을 따라 공부를 하는 학자가 되고 대학 교수가 되는 수밖에 없었다. 그분들은 모두 제자 사랑이 지극하여 외국 학생인 나에게까지도 많은 관심을 가지고 지도를 해 주셨다. 나는 여기에서 본격적으로 대학자들 강의를 듣고 지도를 받으면서 중국 고전문학을 공부하기 시작한 것이다. 대단치 않지만 내 학문의 뿌리는 대만대학에서 기반이 갖추어졌다고 할 수 있다. 곧 대만대학에 가서 공부할 기회가 주어졌기 때문에 나는 마침내 대학교수가 될 수 있었다. 그리고 그 기회는 다시 정식으로 군에 복무를 함으로써 얻어진 것이었다. 그때 군에 입대하지 않았다면 대만정부 초청 국비장학생 시험을 볼 수도 없었을 것이고, 설사 시험을 보아 합격을 하였다 하더라도 군복무 미필자라 출국을 할 수가 없었을 것이다.

1961년 2월 석사학위를 마치고 귀국하여 모교 서울대학에서 중국문학 강의를 맡아 교직생활을 하기 시작하였다. 그때 대만대학에는 대학원에 석사과정 밖에 없었고, 그 학과의 세계적인 대학자들도 정식 박사학위를 지닌 분은 한 분도 안계셨다. 어떻든 대만대학에 가서 공부할 기회가 주어진 덕분에 나는 대학을 들어갈 때 품었던 목표와 전혀 다르고 내가 꿈도 꾸어보지 못하였던 대학교수가 된 것이다. 나는 1961년 3월 귀국한 뒤 서울대학교 중국어문학과

강사가 된 이래 전임강사·조교수·부교수·교수를 거치면서 1999년 3월 정년퇴직을 할 때까지 줄곧 그곳에서 중국고전문학을 강의하며 봉직하였다. 퇴직한 뒤에는 서울대학 명예교수가 되었다. 그리고 2002년에는 연세대학교 특별초빙교수特別招聘敎授가 되어 '중국문화와 사상'이라는 주제로 2009년에 이르기까지 강의를 하였다. 다시 2009년에는 대한민국 학술원學術院 회원이 되었다.

가운데 세 분 선생님들, 좌로부터 타이징눙·다이쥔런·왕슈민 교수님

제5화
문창덕 선생님과의
재회

# 1991년 가을
# 문창덕 선생님을 다시 만남

　나는 서울대학 중국어문학과의 강의를 맡으면서 자연스럽게 국군 교육기관의 중국어 강사를 비롯하여 중국어를 잘하는 군의 장교들을 많이 만나게 되었다. 여러 명의 내 제자들이 육해공의 삼군사관학교에 나가 중국어를 가르치기도 하였기 때문에 자연스럽게 중국어를 잘하는 군인들을 많이 만나게 된 것이다. 나는 그런 사람들을 만날 때마다 육군 제2사단 17연대 소속이던 문창덕이라는 황포군관학교 출신의 중국 말을 잘하는 장교를 만나본 일이 있는가 물어보았다. 모두가 모른다는 대답이었다. 나는 내가 일선으로부터 집으로 돌아온 뒤 문 선생님과는 한두 번의 편지를 주고받았을 뿐이다. 나에게는 은인이라고 할 수 있는 문창덕 선생님을 꼭 다시 만나뵙고 싶었다. 그러나 내가 집으로 돌아온 뒤 김화를 중심으로 하는 이른바 '철의 삼각지대'에서 격전이 벌어졌었으니 아무래도 전사하셨는가보다 하고 문 중위님 찾는 일을 거의 체념하고 있었다.

1991년 나는 대만에 유학했던 친구들과 중국유학생회를 조직하는 일에 관여하고 있었다. 우리는 그때 중국유학생회를 대만 유학을 한 사람들 뿐만이 아니라 전에 중국에 유학했던 분들까지도 모두 모시어 회원 자격을 확대하기로 의견을 모으고 자료 수집을 시작하였다. 하루는 대만대사관의 문화참사文化參事가 나에게 중국에서 군관학교軍官學校를 나온 사람들이 있는데 그분들도 받아들이는 것이 어떻겠느냐고 의견을 물어왔다. 내가 좋다고 대답하자, 그는 황포군관학교黃埔軍官學校를 마친 동창생의 명단이라고 하면서 20여 명의 이름과 주소 및 연락처가 적혀있는 서류를 건네주었다. 그 서류를 받아들고 집으로 돌아와 그 명단을 다시 펼쳐보니 거기에는 놀랍게도 '문창덕'이라는 이름이 적혀 있는 게 아닌가! 주소는 '서울시 양천구 신월동'. 거기에는 전화번호도 적혀있기에 즉시 전화를 걸자 문창덕 선생님이 직접 전화를 받아주었다. 나는 1951년 선생님 계급이 중위일 때 육군 제2사단 17연대 3대대에 학생 신분으로 종군하였던 김학주라는 사람인데 혹시 기억하고 계신가 하고 물으니 전혀 모르겠다는 대답이었다. 처음에는 크게 실망을 하였으나 다시 정신을 가다듬고 내가 우리 유격대의 연락병으로 근무했던 일, 내가 옛날 경북 '석포'라는 곳에서 선생님 애인을 안내하여 만나게 해드렸던 일, 또 빨치산 여자 포로를 잡았던 일, 그 뒤에 일선에 가서는 선생님과 황포군관학교 동창생을 포로로 잡아 며칠 데리고 있었던 일 등등, 두 사람만이 아는 옛날 얘기를 늘어놓자 "이제야 기억이 좀 난다, 만나자!"는 응답이었다. 그때 문 선생님은 제대한 후에 중앙청에서 일을 하고 있다면서 내일 퇴근시간에 시청 앞 프라자호텔 커피숍으로 나오라는 것이었다.

이미 40년 전 짧은 기간에 어지러운 환경 속에서 만났던 상대, 실은 나도 문 선생님의 얼굴을 기억할 수 있을지 자신이 없었다. 다음 날 나는 시간 전에 프라자호텔 커피숍에 나가 앉아서 출입구 쪽만 바라보고 있었다. 그런데 약속한 정시에 출입구로 들어오는 노 신사를 나는 단번에 알아볼 수 있었고, 내가 다가가자 그분도 바로 나를 알아보고 무척 반기었다. 우리는 간단한 인사를 나눈 뒤 바로 호텔 뒤에 있는 중국 음식점으로 가서 새벽 2시가 넘을 때까지 술잔을 기울이며 시간 가는 줄도 모르고 옛날 얘기와 각자가 지내온 일 따위의 환담에 빠졌다. 나는 문 선생님을 격전이 벌어지고 있는 일선으로부터 나를 후방으로 빼어준 '생명의 은인'이라고도 생각하고 있었기 때문에 그 만남이 정말 반가웠다. 문 선생님도 나와의 재회가 무척 감격적인 모양이었다.

문 선생님은 건강하시어 그 뒤로도 가끔 만나 뵙고 술잔을 기울이며 담소를 하였다. 문 선생님은 약주를 매우 즐기는 편이었다. 그리고 나는 그 시절에 취미로 테니스를 열심히 치고 있었는데 문 선생님도 테니스를 즐기신다고 하였다. 문 선생님 아드님 중에는 중학교 테니스 선수 출신의 잘 치는 분도 한 분 있다고 하셨다. 우리는 선생님이 평소에 이용하고 계시다는 '목동 테니스장'에서 가끔 만나 문 선생님 친구들까지 함께 어울리어 테니스를 즐겼다. 그리고는 테니스가 끝나면 언제나 생맥주 집으로 가 생맥주로 흘린 땀을 식히며 즐기었다. 술과 테니스라는 두 가지 기호와 취미를 같이 하고 있어 우리 사이의 우정은 바로 두터워질 수가 있었다. 특히 중화민국의 국경일인 10월 10일 쌍십절雙十節에는 타이완 대사관 주최로 매년 신라호텔에서 열리는 국경절 기념파티에 우리 두 사람은 언제나 초청을 받았다. 우리는 언제나 파티 장소에서 만나 마치 우리를 위해 개최하여준 파티인 듯이 함께 술잔을 들고 오랜만의 만남을 즐기었다. 덕분에 그곳에서 20여 분의 황포군관학교 졸업생들을 모두 사귀게 되었다. 그중에는 문창덕 선생님의 친형인 문창홍 선생도 계셨다. 두 형제가 신의주의 중학에서 공부를 하다가 함께 중국으로 가서 황포군관학교를 졸업하고 군 복무를 하였다고 하였다. 내가 타이완의 대만대학에서 공부할 적에 우리나라 대사관의 공사公使로 근무하던 민영수 선생도 황포군관학교 출신이라 함께 만나 즐기었다. 그리고 한국외국어대학에서 중국어를 강의하시다가 퇴직한 정기엽 교수도 황포군관학교 출신으로 그 파티 장소에서 다시 만날 수가 있었다. 정기엽 교수만은 김구 선생님 청탁으로 황포군관학교에 입학한 것이 아니라 자신이 원하여 정식으로 입학시험을 치르고 자기 실력으로 군관학교에 입학하여 졸업한 분이라 하였다.

이렇게 지내는 중에 내가 6·25 때 종군을 한 사실을 아는 많은 사람들이 나에게 '6·25 참전용사'로 등록하기를 권하였다. 그러나 나 자신은 종군 기간이 겨우 반년도 되지 않는 정도로 너무 짧은 기간이었고, 또 내가 하는 일에 바빠서 등록할 생각을 하지 못하고 지냈다. 그런데 1999년 3월 서울대학을 정년퇴직하고 난 뒤 어느 날 우리 국방부 인사기획관실에서 보내온 「비군인 참전유공자를 찾습니다.」라는 안내장을 받았다. 그때는 퇴직한 뒤 다시 나가던 연세대학의 강의도 그만둔 뒤여서 시간 여유가 상당히 있었기 때문에 '참전유공자' 등록에 착수하였다. 6·25 때의 참전 사실을 밝혀 놓는 것이 나라와 후배들을 위하여 옳은 일이라 생각하였다. 실제로 후방에서 공비토벌을 하는 동안에는 내 홀로 산에서 내려온 여자 공비를 한 명 잡은 일이 있고, 일선에 나가서는 네 명의 중공군 포로를 잡은 일이 있으니 '유공자' 임에는 틀림이 없다고 생각하였다. 그리고 나도 짧은 기간이었지만 6·25 참전용사로 정식 등록하고, 젊은 사람들이나 후세 사람들에게도 내가 참전용사임을 알리며 그때의 경험을 기록으로 남겨 놓는 것이 나라를 위하는 길이라 생각하였다. 이에 2014년에 들어와서야 옛날의 다 해진 초라하고 낡은 수첩의 기록을 바탕으로 하고 또 아물아물한 기억을 총동원하여 1951년의 반년 동안의 종군기록을 정리하였다. 그리고 한편으로는 국방부에 연락하여 「참전 사실 확인 신청 및 확인서 발급 안내」라는 기록물을 입수한 뒤 그 「안내문」의 안내를 따라 국방부에 「참전 사실 확인 신청서」를 제출하였다. 여기에는 확실한 보증인으로 문창덕 선생님이 나서주셔서 아무런 문제도 없었던 것 같다. 결국 2014년 12월에는 국방부 장관으로부터 보내온 「참전 사실 확인서」를 받아 나는 영예롭게도 '국가유공자' 로 확정 등록되었다.

나는 근래에 이중군씨가 편찬한 『1950. 6. 25 – 1953. 7. 27: 6·25전쟁 1129일』(우정문고, 2013. 9. 27 발행)이라는 천수십 쪽에 달하는 거질의 책을 입수하였다. 이 책은 사변이 일어나 내전이 진행된 1129일 동안, 처음부터 끝까지 날짜를 따라 하루하루의 전쟁과 관련된 실황을 〈전황〉〈국내〉〈유엔〉〈아시아〉〈아메리카〉〈서유럽〉〈동유럽〉으로 나누어 자세히 기록한 정말로 크게 공을 들여 이룩한 소중한 기록이다. 엄청난 자료를 동원하여 저술한 이와 같은 대저에서도 중요한 국군 부대의 사변 기간의 활동을 모두 포괄할 수는 없음을 알고는 나의 6·25 경험을 꼭 기록으로 남겨야 하겠다는 마음을 굳히게 되었다. 엉성한 기록이기는 하지만 많은 분들이 이 수기를 통하여 민족상잔民族相殘의 실상을 좀 더 명확히 알고 다시는 이러한 불행하고 참혹한 역사가 되풀이되지 않도록 올바른 정신을 갖게 되기를 간절히 빈다.

2016년 6월 25일

서울대학교 명예교수
대한민국 학술원 회원 **김학주**

나와 6·25사변, 그리고
반년간의 군번 없는 종군

초판 인쇄  2017년 8월  9일
초판 발행  2017년 8월 16일

지은이 ㅣ 김학주
발행자 ㅣ 김동구
디자인 ㅣ 이명숙 · 양철민
발행처 ㅣ 명문당(1923. 10. 1 창립)
주    소 ㅣ 서울시 종로구 윤보선길 61(안국동)
            우체국 010579-01-000682
전    화 ㅣ 02)733-3039, 734-4798(영), 733-4748(편)
팩    스 ㅣ 02)734-9209
Homepage ㅣ www.myungmundang.net
E-mail ㅣ mmdbook1@hanmail.net
등    록 ㅣ 1977. 11. 19. 제1~148호

ISBN 979-11-88020-24-9 (03810)
6,000원